혼자만 잘 살믄 무슨 재민겨

혼자만 잘 살믄 무슨 재민겨

초판 1쇄 발행 1993년 5월 15일
개정증보판 1쇄 발행 1995년 10월 30일
개정증보판 49쇄 발행 2015년 12월 22일
3판 1쇄 발행 2017년 11월 30일
3판 3쇄 발행 2024년 12월 10일

지은이 | 전우익
펴낸이 | 조미현

편집주간 | 김현림
책임편집 | 류현수
디자인 | 나윤영

펴낸곳 | (주)현암사
등록 | 1951년 12월 24일 · 제10-126호
주소 | 04029 서울시 마포구 동교로12안길 35
전화 | 365-5051 · 팩스 | 313-2729
전자우편 | editor@hyeonamsa.com
홈페이지 | www.hyeonamsa.com

ISBN 978-89-323-1872-1 03810

이 도서의 국립중앙도서관 출판예정도서목록(CIP)은
서지정보유통지원시스템 홈페이지(http://seoji.nl.go.kr)와
국가자료종합목록시스템(http://www.nl.go.kr/kolisnet)에서
이용하실 수 있습니다.(CIP제어번호 CIP2017023744)

고집쟁이 농사꾼의
세상 사는 이야기

혼자만 잘 살믄 무슨 재민겨

전우익 지음

현암사

혼자만 잘 살믄 별 재미 없니더.
뭐든 여럿이 노나 갖고
모자란 곳을 두루 살피면서 채워 주는 것,
그게 재미난 삶 아니껴.

— 전우익(2002년 10월)

차례

일러두기

• 지은이 특유의 말투를 살리려고 표준어 규정대로 쓰지 않은 곳이 있다.

깊은 산속의 약초 같은 사람

신경림(시인)

전우익 선생을 나는 늘 간고등어와 함께 생각하게 된다. 우리가 다 같이 간고등어를 좋아하는 것을 안 것은 80년대 초엽 내가 봉화로 그를 찾아갔을 때다. 그는 간고등어가 중요한 찬이 되어 있는 밥상을 내놓으며 "산골이라 먹을 게 이것밖에 없는기라"라고 했지만 나는 딴 데는 젓갈도 대지 않은 채 간고등어만 해서 밥 한 사발을 다 먹고 더 달래서 먹었다. 그러자 그는 웃으면서 말했다. "하긴 신 선생 고향은 여기보다도 더 산골이니까." 다음날 함께 안동의 권정생 선생한테로 가면서

장에 들러 큰 고등어 한 손을 샀다. 홀아비 살림인지라 별 찬이 있을 턱이 없었지만, 나는 밥을 너무 맛있게 먹었고, 술을 마시면서도 간고등어 말고 다른 안주에는 손도 대지 않았다. 다음부터 전우익 선생이 "신 선생니임, 저 서울에 왔으니더"하고 전화를 해서 인사동께로 나가 보면 그는 먼저 비닐봉지에 둘둘 말아 싼 물건부터 내밀었다. "간고등어니더. 안동장에서 안 샀느겨." 펴보면 확 비린내를 풍기는 간고등어가 두세 손씩 들어 있고는 했다. 내가 좋아한다고 해서 일부러 안동장엘 들러 사가지고 오는 것은 고마웠지만, 그 비린내 나는 것을 들고 일여덟 시간 완행열차에서 시달렸을 일을 생각하면 민망했다. 그래서 한마디 하면, "간고등어는 산골 것이어야 제 맛이 나니더"라는 것이 그의 변명이었다. 물론 나는 맛있게 먹었다. 문제는 우리 집에 간고등어광이 어머니와 나 둘뿐이라는 점이었다. 서울 먹거리에 익숙한 아이들은 고등어에 손을 대기는 고사하고 냄새 난다고 아예 상을 따로 차리기가 예사였다. 이러니 고등어가 빨리 없어질 수가 없었다. 어쩌다 전우익 선생이 한 달에 두 번

올라오는 경우 우리 집 냉장고는 고등어 보관 창고가 되었다. 이 사실을 전해 들었는지 어느 날 빈손으로 올라온 그는 말했다. "요즘 아이들은 제대로 맛을 모르는기라."

내가 전우익 선생과 처음 만난 것은 70년대 초, 유신 체제에 한참 독이 올랐을 때다. 인사동 근처의 한 출판사 사무실에서였던 것으로 기억되는데, 그는 의자에 앉은 대신 내내 바닥에 쭈굴트리고 앉아 있었다. 버릇이 되어 그것이 더 편하다는 것이었다. 그것으로 나는 그가 그때까지 어디 있다가 온 것인가를 짐작했고 또 그 얘기를 들으려고 여러 가지로 유도성 질문을 했지만, 그는 농사꾼으로 자처하며 시종 농사짓는 얘기밖에 하지 않았다. 그때 한 얘기 중에서 아직도 내 기억에 생생한 말이 있다. "일 중에서 창조적인 것은 농업밖에 없으니더. 상업은 있는 물건 팔고 사는 거니까 말할 것도 없지만, 공업도 있는 것을 가지고 모양과 용도만 바꾸는 거지 없는 것을 만들어내는 것은 아닌기라. 농사야 아무것도 없는 데서 있는 것을 만들어내는 것 아닙니껴."

나는 눈이 번쩍 뜨이는 것 같았다. 그의 말이 반드시 옳은 것은 아닐지라도 내가 보지 못하는 부분을 보고 있다고 느껴졌기 때문이다. 또 그는 친지의 결혼식 축의금 대신 늘 책을 사서 선물한다고 했는데, 그 선물하는 책 속에 내 시집이 가장 중요한 품목으로 끼어 있다는 소리도 반가웠지만, 당장은 돈이 더 좋겠지만 시간이 지나고 나면 책 선물이 더 고맙게 생각될 것이라는 촌스러운 발상이 오히려 신선했다. 이후 우리는 급속도로 가까워져, 서울에 오면 그는 대개 연락을 했고, 있는 데로 나가면 당시에는 금서였던 재일 사학자나 일본 사회주의자들의 저작 또는 루쉰의 소설이나 시집을 슬그머니 주머니에 찔러 넣어주고는 했다. 직접 농사한 것이라며 배낭에 율무나 밤콩을 둬 됫박씩 짊어지고 오는 일도 있었다. 물론 무공해 농작물이었지만 그는 그것을 내세우지 않았다. 스스로 무공해 농사를 짓지만, 농약에 비료가 뒤범벅이 된 농작물을 다 먹고 있는데 몇만 안 먹어 무슨 소용이냐는 것이었다. "혼자만 건강하게 잘 살믄 무슨 재민겨." 그래서 그는 식당에 들어가도 다른 반공해

주의자들과는 달리 까다롭게 굴지 않았다. 대신 그는 음식이 처치하지 못할 정도로 많이 나오는 것을 보면 한마디 했다. “사람이 이렇게 많이 먹을 필요가 있나? 좀 간단하게 먹고 덜 먹어도 될긴데.” 더욱이 그는 먹다 남은 음식이 버려지는 것을 못 견뎌했다. “저걸 만드느라고 얼마나 고생을 했는데. 세상에 쓰레기만 더 불리다니.” 한번은 함께 거리를 걷게 되었다. 가로수 정비원들이 큰 나무를 자르는 모습이 눈에 들어오자 그는 말했다. “사람들이 나무를 함부로 다뤄. 나무도 다 영이 있는 건데. 백 년도 못 사는 사람한테도 영이 있는데 몇 백 년을 사는 나무한테 어떻게 영이 없겠어요.”

하지만 전우익 선생은 무엇보다도 대하기가 편한 사람이었다. 어쩔 수 없이 그와는 관계가 없는 자리에 함께 가는 일도 있었지만, 나이나 이력에도 불구하고 별 말이 없으면서도 그는 한 번도 자리를 어색하게 만든 일이 없었다. 어쩌다 내가 사무실에 와도 역시 그랬다. 그는 한번도 자신을 의식해 일을 못하게 하거나 지장을 주거나 하지 않았고, 사무실의 다른 사람들에게도 불편한 느낌을 주는 일이 없었다. 아무와도 마음에 벽을 쌓지 않고 대하기 때문이리라. 하지만 "선생님하고 있으면 참 편해요"하면 그는 늘 대답했다. "원래 못난 사람의 미덕이 남 편하게 해주는 거 아니니꺼."

그는 말수는 적지만 우스갯소리는 좋아했다. 함께 안동 갔을 때의 얘기다. 그는 유도회에서 일하는 한학자인 옛 친구를 소개하면서 말했다. "이 친구는 유도는 못하면서 유도회 회장인기라." 그러자 그 친구는 대거리했다. "이 친구는 전우익이면서 만날 좌익만 안 하는기요." 이 우스갯소리에서는 전우익 선생이 판정패하고 말았지만.

한때 그는 사회안전법에 걸려 주거 제한을 당하는 보호관찰자였다. 그래서 행정적으로는 소속군이 다르지만 바로 이웃인 안동엘 가는데도 멀리 돌아 봉화경찰서에 가서 허가를 받아야 했다. 남의 말 하듯 하는 소리를 듣고 말한 일이 있다. "허가 안 받는다고 시골서 누가 알겠어요. 그냥 다니지." 그는 대답했다. "안 되죠, 나만 지켜보고 있는 담당자가 심심해서 사나."

그 동안 사귀면서 보니 아무래도 그가 특별히 좋아하는 것은 나무와 풀인 것 같았다. 길을 가다 말고도, 들판을 지나다가도, 또 산엘 올라가면서도 그는 종종 말한다. "저 나무들을 보세요. 나무를 보면 사람이 하는 일이 얼마나 보잘것없는지 알 것 같아요. 나무나 풀은 쓸모없는 것이 하나도 없잖아요? 꽃은 벌한테 꿀을 만들게 하고 또 열매를 맺어 먹거리가 되고 가지는 부러져도 사람한테 땔거리가 되어 주고, 썩으면 땅을 기름지게 만들고."

그래서 그는 나무나 풀을 구경하러 각처를 다닌다. 지리산, 설악산, 덕유산, 소백산 등 명산도 찾아다니고, 야산과 들판도 돌아다닌다. 바닷가도 가고 강에도 가고, 광릉수목원, 청량리 임업시험장, 비원, 창경궁도 가본다. 최근에는 나무와 풀의 이름과 성질을 더 확실하게 알기 위해서 청계천에 나가 식물도감까지 구했다. 그는 농업만이 참으로 창조적인 일이라고 생각하는 것과 마찬가지로 식물만이 창조적인 것이라고 생각한다. "인간과 동물은 소비만 하고, 식물만이 새로운 것을 만들어낸다"는 것이 나무와 풀에 대한 그의 철학이다.

그가 나무와 풀을 좋아하는 또 하나의 이유는 그것으로부터 세상살이의 이치를 배우고 사람 사는 도리를 깨닫기 때문이다. 말하자면 나무와 풀은 그의 스승인 셈이다. 함께 단양의 적성산성엘 갔을 때, 그는 누렇게 빛이 바래 머지않아 떨어질 잎들을 잔뜩 달고 있는 상수리나무와 자작나무들을 가리키며 말했다. "저 나무 좀 보세요, 춥고 먼 길을 가자니까 될 수 있는 대로 간편한 몸가짐을 해야겠어서 잎을 떨궈버리는 걸 말예요. 사람한테는 왜 저런 지혜가 없을까요."

그가 나무를 깎고 다듬어 책상이며 걸상이며 필통 따위 간단한 가구와 도구를 만들기 시작한 것은 꽤 여러 해째, 나무가 좋아서임은 말할 것도 없다. 깎고 다듬는다고 하지만 가능한 한 제 모습이 남아 있도록 손을 덜 대는 것이 그의 특유의 공법이다. 가령 책상 같으면 알맞은 높이로 나무토막을 자른 것이 많고 필통은 겉은 손을 대지 않은 채 썩은 속을 후벼낸 것이 더 명품이 된다.

옹이도 대개 살린다. 옹이야말로 그 나무의 향이 가장 짙게 배어 있는 부분이기 때문이다. 이렇게 만든 물건들을 그는 이곳저곳으로 좋아하는 사람들을 찾아다니며 나누어 준다. 나무로 만든 물건을 쓰고 있으면 그 나무로 된 물건한테서 나무의 영이 사람한테로 옮아온다고 그는 생각한다. 나무가 가진 좋은 정신, 깨끗한 기운을 사람이 얻게 된다고 믿는다. 그렇게 해서 내가 그로부터 얻은 물건 중에는 필통도 있고 앉을게도 있지만 쓸모없는 나무토막도 있다. 그러나 그는 사람이 거기 앉고 놓고 글을 쓰고 하는 것만이 쓸모라고는 생각지 않는다. 나무는 그렇게 눈에 보이는 쓸모 이상의 쓸모를 가지고 있다는 것이 그의 생각인 것 같다.

그는 느티나무, 소나무, 대추나무 등을 좋아하지만 따지고 보면 싫어하는 나무가 없다고 말한다. 어떠한 나무든 나무껍질은 사람의 피부보다도 부드럽고 향기는 무엇에도 비할 수 없다는 것이 항용 하는 그의 고백이다. 그래서 길을 가다가도 나무만 보면 문득 쓸어안고 싶어진단다. "내가 왜 나무를 일찍 몰랐는지 모르겠어요. 다시 태어나면 나무를 키우고 공부하는 사람이 돼보고 싶스니더." 그는 몇 해 전부터 지금 살고 있는 봉화에서 직접 수유의 씨를 뿌려 묘목을 내어 심는 일을 했다 한다. 3년도 못 되어 노란 꽃이 피고 여름이면 짙은 초록빛 잎으로 덮이고 가을에는 또 빨간 열매로 치장하는 것이 여간만 신기하지 않더라고 나무의 신비에 다시 한번 감탄을 했다.

그렇게 말하지 않지만, 전우익 선생이 나무보다도 더 좋아하는 것은 사실 사람인지도 모르겠다. 따지고 보면 그가 나무를 깍아 무엇을 만드는 것도 다 남을 주기 위해서기 때문이다. 나무로 무엇을 만드는 일 외에 그는 부들로 자리를 매기도 하는데 이 자리도 다 남을 주기 위해서 맨다. 농사도 자기 먹는 것 조금 남기고 모두 남에게 준다. 틈만 나면 그는 허름한 가방에 나무로 만든 필통이며 추수한 콩이나 율무나 팥 따위를 넣어 가지고 해남으로 광주로 대구로 서울로 돌아다닌다. 그가 찾아다니는 사람 가운데는 법연, 명진, 현기 같은 스님도 있고, 정호경, 유강하 같은 신부도 있고, 신영복, 김진계 같은 출소 장기수도 있고, 정영상 같은 해직교사도 있고, 권정생, 이현주 같은 동화작가도 있고, 김광주, 이철수 같은 화가도 있고, 김용택 같은 시인도 있고, 염무웅, 정지창 같은 교수도 있고, 찾아가면 주경야독하라고 꼭 책을 사주는 종로서적 이철지 같은 사장도 있지만, 더 많은 사람들은 세상에 알려지지 않은 평범한 사람들이다. 그는 이들을 찾아다니는 까닭을 "찾아가면 밥도 먹여주고 잠도 재워 주니까"라고 농으로 말하기도 하고, "만나면 참 배울 게 많아요"하고 진으로 말하기도 하지만, 거꾸로 배운다는 개념에 있어 그는 다른 사람과 같지 않다. 그는 다섯 살밖에 나지 않은 손녀딸 언년이한테서도 많은 것을 배운다고 거침없이 말한다. 어떤 때는 그 어린 것이 세상을 더 바르게 알더라는 것이다. 그러면서 덧붙이는 말이 있다. "모두들 가르칠라꼬만 들지 배울라곤 안 해요. 나무한테도 그렇고 짐승들한테도 그렇고 아이들한테도 그렇고 배울 게 얼마나 많은데요. 전 자리를 맨 지 10년이 되는데, 참 많은 것을 배워요." 이 책에도 나오는 얘기지만, 자리를 매 보니 여러 가지를 알게 되겠더란다. 가령 재료로는 부들을 쓰는데, 처음에는 시원찮은 것은 다 버렸다. 한데 차츰 하나도 버릴 게 없다는 것을 알게 되었다. 좋은 놈은 겉으로 쓰고 중질로는 뒤를 받치고 시원찮은 놈은 속에 넣으면 되기 때문이다. 또 고드랫돌도 좌나 우 어느 한쪽으로 기울면 자리가 제대로 매지지 않더란다. 이것이 다 세상 이치가 아니고 무엇이냐는 것이다. 하지만 언젠가 이 말 끝에 한 다음과 같은 말은 더 뜻이 깊다. "양수리에 가보면 부들이 지천으로 흔해요. 아무리 흔하면 뭘 해요. 세상에서 쓰지 않으면 아무 소용없는 거지요."

한편 그는 사람들이 모두 입만 가지고 있지 귀가 없는 것을 답답하게 생각한다. 모두 입만 가지고 제 말만 하려 들지 남의 말을 들으려 하지 않는다는 것이다. 어쩌면 그가 나무를 좋아하는 것은 나무한테는 귀만 있지 입이 없는 까닭인지도 모르겠다. 또 그가 즐겨 찾아다니는 사람들은 작은 귀나마 가지고 있는 사람들인지도 모르겠다.

그는 지금 봉화군 상우면 구천리, 할아버지 대부터 살던 낡은 기와집에 혼자 산다. 아들 딸들은 모두 나가 살고 아내도 딸을 따라가 산다. 논농사는 힘이 부쳐 대부분 남을 주고 콩, 팥, 도라지, 율무, 수수, 차조 등 비교적 힘이 덜 드는 밭농사만 직접 한다. 물론 혼자서다. 밥도 혼자 해 먹고 빨래도 직접 한다. 그렇지만 혼자서 사는 것이 힘들다고 생각되지는 않는다. 혼자 사는 것이 오히려 삶을 가능한 한 단순화시키려는 그의 생활신조에 맞는지도 모른다. 그는 될 수 있는 대로 간단하게 산다. 먹는 것은 늘 밥에 찬 한두 가지면 된다. 수도가 없어 우물물을 쓰는데 그것도 조금만 길어 쓴다. 힘이 들어서이기도 하지만, 요즘 사람들이 물을 쓸데없이 많이 쓰는 것이 그는 못마땅하다. 세수할 때도 비누를 쓰지 않는 만큼 물이 별로 들어가지 않으며, 밥알 하나도 국물 한 방울 안 남기는 것이 그의 식사버릇이어서 설거지는 매번 하지 않아도 된다. 옷은 합성세제는 물론 비누도 쓰지 않고 그냥 물에 헹구어 널었다가 입는다. 이렇게 사니까 쓰레기가 하나도 안 나와서 여간만 좋지 않다고 그는 말한다. “무얼 했다고 살면서 쓰레기까지 냉기니껴. 쓰레기라도 안 냉기고 살 생각이래요.” 그래서 과일도 껍질째 먹는다. 껍질과 살 사이의 양분이 많다는 따위 합리적인 생각에서가 아니고 쓰레기를 안 남기기 위해서다. 씨도 몽땅 먹어치우는데 포도씨만은 혓바늘이 돋아 그러지를 못한다. 옷이나 신도 내다 버려 본 일이 없다. 입다 입다 못하면 옷은 걸레로 쓰고 헌 신은 슬리퍼로 고치거나 발뒤축을 받쳐 수해를 막는 역할을 하게 한다.

하긴 그 짓도 해본 지 오래되었으니 지금 신고 있는 신, 입고 있는 옷이 모두 남이 버린 것을 주워다 신고 입는 것이다. “물자가 너무 흔해요, 쓸데없이 많아요. 나만이라도 좀 덜 흔하게 살고 싶어요.” 그가 종종 하는 소리다. 또 이런 소리도 자주 한다. “덜 먹고, 덜 입고, 덜 갖고, 덜 쓰고, 덜 놀고, 이러면 사는 게 훨씬 더 단순화될 터인데요. 쓰레기도 덜 생기고, 공해니 뭐니 하는 문제도 상당히 해결되겠지요. 풍요가 덮어놓고 좋은 것만 같지는 않아요.”

어쩌면 이런 전우익 선생을 시대착오주의자로 비웃

을 사람이 있을지는 모르겠다. 그럼에도 그가 깊은 산속의 약초처럼 귀한 사람임을 부정할 사람은 아무도 없으리라.

삶이란 그 무엇인가에,
그 누구엔가에 정성을 쏟는 일

스님, 거처하는 방문 앞 아름드리 느티나무 잎이 마지막 역사役事인 아름다운 단풍으로 물들었다 다 떨어졌겠지요.

잎을 훌훌 털어 버리고 엄동을 맞을 비장한 차비로 의연하게 버티고 서 있는 모습이 스님의 모습과 겹쳐 든든하고도 선합니다. 고난의 길을 뚫고 가려면 간편한 몸차림을 하라는 가르침인가요?

해마다 낙엽을 보며 또 엄동에 까맣게 언 솔잎을 보며 느끼는 일입니다. 참삶이란 부단히 버리고 끝끝내 지키는 일의 통일처럼 느껴집니다. 신진대사가 순조롭게 이루어져야 생명의 운행이 제대로 이루어지는 이치와 같습니다.

가을의 낙엽에서는 버림, 청산을 결행하고, 겨울의 얼어붙은 솔잎에서는 극한의 역경에서도 끝내 지켜야 할 것은 지키라는 것을 온몸으로 배운다고 여기면서도, 그게 쉽지 않고 버리기도 지키기도 힘들다는 점만을 알 따름입니다. 그러다 보니 어정쩡하게 목숨만 이어 갑니다. 버릴 줄 알아야 지킬 줄 알겠는데 버리지 못하니까 지키지 못합니다.

느티나무는 가을에 낙엽 진 다음 해마다 봄이 되면 새 잎을 피울 뿐만 아니라 껍질도 벗습니다. 누에를 쳐 보니 다섯 번 잠을 자고 다섯 번 허물을 벗은 다음 고치를 짓습니다. 탈피 탈각이 없이는 생명의 성장과 성취는 불가능하다고 봅니다. 탈피 탈각을 하지 못하면 주검이겠지요.

단풍과 지는 해가 산천을 아름답게 물들이는 것을 보면서 때때로 인생의 마지막을 저렇게 멋지게 마치진 못할망정 추접게 마치지는 말아야 하는데 하고 느낍니다. 사실 마지막이란 일상이 쌓여서 이루어지는 거지 어디서 느닷없이 나타나는 게 아닐진대 삶이 제대로 이루어져야 끝마침도 제대로 이루어지겠지요. 제대로 이루어진다는 건 자연의 운행과 역사의 과제에 충실한 삶을 사는 건데, 세상의 흐름은 자연과 멀어지고 역사보다는 순간과 개인적인 삶으로 오그라드는 것 같습니다.

한로와 추상이 낙엽과 결산을 결행하듯 각자는 자기에게 추상같을 수 있어야 타락과 답보에서 벗어나 옳게 살 수 있고, 민족도 때때로 추상을 내리고 벽력을 쳐서 민족정기를 바로 세워야 제 모습을 되찾을 수 있을 것 같습니다. 얼버무림은 단풍도 낙엽도 가져오지 못하고 더더욱 새로운 생명을 탄생시키지도 못할 뿐 아니라 압살시키고 말겠지요.

자연계가 한 해에 몇 차례 태풍과 뇌성벽력을 쳐서 생태계를 추스르듯 개인과 사회도 그런 일이 생겨 생명을 추스르고 침체의 늪에서 떨쳐 일어나야겠습니다.

그런데 스님!

추상으로 낙엽이 지는데 우리 농촌은 그 무슨 얄궂은 돌개바람이 불어서인지 젊은이들이 혹은 온 집안이 정든 고향을 떠나갑니다. 무슨 경經을 외어 이 바람을 잠재울 순 없을까요?

농가는 이 가을에 빚을 털어 버리고 민족은 이 가을에 분단의 장벽을 털어 버려야 하는데 그게 찰거머리처럼 달라붙어 피를 빨고 있습니다. 올해 책정된 쌀값과 수매량으로는 농가 빚의 이자도 안 됩니다. 농민은 다 빚쟁이고 노동자는 46퍼센트가 빚쟁이랍니다. 몇 퍼센트 몇 퍼센트의 인상이 사람을 살리는 게 아닙니다. 쌀값이 빚이나 갚을 수 있게 해야지 거기 무슨 딴 수작이 있겠어요? 구도하시는 스님들도 공양을 드려야 염불도 참선도 하시는데, 밥 먹고 사는 사람이 쌀을 업신여기는 건 백성을 얕잡아 보는 데서 나옵니다. 농민들의 추상같은 벼락만이 빚을 떨쳐 버릴 수 있고, 민족의 추상같은 뇌성벽력 없이는 분단의 장벽이 허물어지지 않을 것 같아요. 때때로 백성과 민족의 본때를 보여줄 필요가 있습니다.

스님, 딴 일은 거의 끝나고 요 며칠째는 산수유를 따고 있습니다. 퇴비만 주다가 올핸 뒷거름을 듬뿍 주었더니 가지가 땅에 닿도록 지천으로 열렸습니다.

수유 키운 이야길 좀 해 볼게요.

한 십오륙 년 전 가을, 외가에 갔다가 외가 뒤안에 빨갛게 익은 수유를 처음 보고 정이 쏠려 심어 보겠다고 마음먹었습니다.

씨를 구해 이른 봄에 심었습니다. 몇 달이 되어도 수유는 나지 않고 풀만 찍싸게 나서 혼이 났는데 수유는 늦여름에야 나기 시작했어요.

씨는 다 봄에 뿌린다는 게 저의 상식이었습니다. 그런데 그게 아니었어요. 수유씨는 아주 단단해요. 살구씨, 봉숭아씨보다 더 단단해요. 나중에 알아보니 수유씨는 가을에 심어야 봄에 싹이 튼대요. 배추, 무 같은 건 그저 적당히 뿌리면 싹트지만 도라지, 우엉, 황기 같은 건 해동되자마자 씨 뿌릴 골을 단단히 밟아 수분 증발을 막아야 씨가 제대로 싹틉니다.

씨라는 것도 제각기 나름대로의 성질이 있다는 걸 알았습니다. 씨앗보다 좀 더 복잡한 인간이나 인간 집단은 또 나름대로의 성질이 있겠지요. 그걸 탐구하는 것이 종교인가요? 골치 아프겠습니다. 인간을 인간으로 서게 하기 위해서는 그러한 탐구가 필요할 것 같습니다.

씨앗 이야기 나온 김에 채종採種 이야기를 좀 해 볼게요.

전에는 자기가 지은 논밭에서 잘된 이삭이나 고추를 따서 심었는데 몇 해 전부터 나락씨는 면사무소, 고추씨나 배추씨 같은 건 종묘상에서 사다 심습니다. 며칠 전 텔레비전 뉴스에 봉화 지방에서 중만생종 볍씨를 심어서 제대로 여물지 않아 손해를 봤다는 게 있었고, 영양에서 농민 운동의 도화선이 된 감자씨 사건도 씨가 싹트지 않았던 데서 일어났습니다.

물론 육종은 시험장에서 해야겠지만 씨앗을 남에게 전적으로 의존한다는 건 중대한 문제 같습니다. 자가 채종이 불가능한 부분은 외부에 의존할 수밖에 없지만 이

제 농민들은 거의 아무런 고뇌 없이 씨앗을 거의 다 외부에 의존하고 있습니다.

이건 어찌 생각하면 농사짓기가 편해졌다고 할 수도 있으나 실은 핵심의 일부를 놓치는 결과를 가져온 게 아닌가 여겨집니다. 그 부작용으로 해마다 몇 건씩 면과 종묘상을 상대로 농민들이 소동을 벌여요.

그래서 수유를 심기 시작했습니다. 한약방 차린 아는 젊은이에게 수유 심은 이야길 하니까 그게 언제 커서 돈이 되겠느냐며 나무랐고 이웃들도 한 오 년이나 십 년쯤 있어야 돈도 된다니까 거들떠보지도 않습니다. 당장에 수가 나지 않는 일은 않겠다는 것이었습니다.

나무 심어 십 년은 잠깐입니다. 오 년쯤 되자 초봄에 노오란 꽃이 몇 개 달리기 시작하더니 십 년쯤 되자 꽤 커서 초봄의 추위를 뚫고 피어난 노오란 꽃이 봄추위를 녹여 주고 정취를 돋구어 주었습니다. 그래서 추사秋史도 황화주실黃花朱實이란 글귀를 썼는가 봅니다.

묘목을 가꾸어 이웃에 나누어 주며 눈치를 살폈습니다. 큰 나무를 달라는 사람에 섞여 몇몇 사람들은 씨앗을 달라고 했어요. 그들만 기억에 생생합니다. 그들은 끝끝내 수유를 키우고 가꿀 겁니다. 비록 수유 값이 똥값이 되더라도.

나무를 어찌 돈으로 따지겠어요? 살기가 하도 급하다 보니 조급해서 그런 거겠지만, 수유 심는다고 나무라던 이웃들은 아직도 그 구렁에서 헤어나지 못하고 수유는 커서 심은 이에게 물심양면으로 도움을 주고 있습니다.

스님, 나무를 심는다는 건 희망을 심는 일이며 조국 강산을 수놓는 일입니다. 희망이란 절망에서 솟아나는 것이고 황폐했기에 나무를 심습니다. 산과 들에는 나무가 우거지고 동리에는 인재가 득실거려야겠습니다. 전 농촌에서 나무를 심겠어요. 스님은 그 속에서 이 나라의 주춧돌과 대들보가 될 인재들을 키우고 계시겠지요.

땅 위에 빈터는 없어요. 음지를 좋아하는 놈, 양지에서 잘 자라는 것, 반음반양에서 잘 되는 것, 여러 가지가 있어요. 곡식은 북주며 메가꾼다고 하는데 마늘 같은 건 북주지 않고 뿌리담을 파헤쳐야 알이 굵게 맺힙니다. 일률적이지 않습니다. 스님께서도 사람들을 만나 보면 가지각색이지요. 가가붓자식이란 말이 있지요. 세상은 재미있고 사람이란 참 묘하고 기이한 존재 같은데 식물도 그와 같아서 농사짓는 재미가 있습니다. 아마 일률적이면 싫증이 나서 농사짓기 싫고 사람이 몇 종류뿐이면 세상은 삭막할 것입니다.

세상에 문제가 많다는 것은 사람의 다양성에 기인하는 건데 그건 어쩔 수 없는 좋고도 골치아픈 일이지만, 공통점도 많아요. 못 먹으면 배고픈 게 사람의 약점이라고 루쉰은 말했지요. 추위 더위 함께 타고.

스님, 술에다 수유를 담구어 석 달쯤 두면 약주가 됩니다. 약효는 수렴, 자양강장, 식욕 증진 등인데 술을 담그면서 생각해 봤어요. 사람도 변할까? 술은 담그다 보면 왕왕 썩기도 해요. 부패, 타락, 왜소화가 아닌 참된 의미의 인간 개조가 과연 가능할까? 이건 사람이 사람에 대해 가지는 믿음 같기도 합니다. 지금의 그 사람들이 처음부터 그러했는가? 사회적으로 시달리며 이리 밀리고 저리 밀리다 보니 그렇게 된 게 아닌가? 그렇게 태어난 것이 아니고 그렇게 만들어졌는데도 다들 타성에 젖어 휩쓸려 갑니다. 우뚝 버티고 서서 방향을 찾게 할 수 있는 힘은 없을까 생각해 봅니다.

철 따라 옷 바꾸어 입는 일에 골몰하는 그들로 하여금 세상을 바꾸자는 말에 귀기울이게 할 순 없을까? 더 값진 집과 승용차에 인생을 건 그들에게 세상을 바꾸자는 말이 먹혀들어 갈 수 있을까?

스님, 밭에 곡식이 제대로 자라지 못하니까 잡초, 독초가 기를 쓰고 자랍니다. 곡식이 자리 잡고 제대로 크면 잡초가 맥을 추지 못합니다. 세상도 그런 게 아닌가 여겨 봅니다.

세상을 만들기 위한 근본은 사람인데 새로운 형태의 사람들이 나고 크는 일이 세상을 바꾸는 일의 근본이라 믿습니다.

그러한 사람들이 생겨나서 힘겹게 살기도 하고 죽기도 하는 것 같습니다. 인간 개조에 대해서 신영복 선생님은 다음과 같이 말했대요. "개인의 변혁 또는 개조도 그 사회적 수준의 변혁 또는 개조만큼 가능한 것입니다. 나에게 계속 주어지는 과제는 나를 어디에 세우고 어떤 과제 속에서 나의 일을 발견해 낼 것인가 하는 문제라고 생각하고 있습니다. 지난 이십 년 동안 내가 추구해 온 자기 변혁, 자기 개조 작업의 연장선상에 나를 세우는 일이 과제로 주어지고 있다고 생각됩니다."

스님, 편지가 길어졌습니다. 별 볼 일 없는 말은 길게 마련이지요.

저는 요즘 이런 생각을 했어요. 삶이란 그 무엇(일)엔가에 그 누구(사람)엔가에 정성을 쏟는 일이라고.

스님, 안녕히 계십시오.

1989. 11. 4.

꽁꽁 얼어붙은 겨울 추위가
봄꽃을 한결 아름답게 피운다

현기 스님,

가을이 가고 겨울로 접어들었습니다.

세월이 가는 걸 본 사람도 나무가 크는 걸 본 사람도 없는데, 세월은 가고 나무는 자랍니다. 나무는 뿌리만큼 자란다고 합니다. 뿌리보다 웃자란 미루나무는 바람이 좀 세게 불면 나가자빠집니다. 눈에 보이지 않는 뿌리가 나무를 지탱하고 있는데, 눈에 뜨이지 않는 일보다는 눈에 보이는 나무가 되기를 바라는 것이 민심같이 느껴집니다.

늦가을이나 초겨울에 소죽 쑤려고 쑥을 캐다 보면 뿌리가 한 폭의 그림처럼 아름답게 서려 있어 숙연해집니다. 이만큼의 뿌리가 있기에 봄이 오자 쑥은 멋지게 자라는구나 여겨지데요.

논밭 두렁이 무너지는 걸 막기 위해, 소를 매기 위해, 줄을 치려고 말뚝을 박을 때 모두 다 어김없이 지심地心을 향해 박습니다.

때때로 말뚝을 박으며 생각해 봅니다. 나를 어디에 박아야 하냐고. 어떤 땐 환하고 어떤 땐 흔들거립니다. 젊은이들이 조국의 운명을 끌어안고 몸부림치는 비장한 모습에서, 역사의 무게에 짓눌려 등 굽고 가위 눌린 이웃들의 삶에 이끌려 인생의 말뚝 박을 곳을 찾았다 싶을 때가 시시름 있는데 또 놓쳐 버리기 일쑤입니다. 박고 뿌리 내리도록 스님께서 도와주셔야겠습니다.

스님, 올 겨울도 춥겠지요. 우리는 통계 숫자로 사는 게 아니라, 그해 여름 그해 겨울을 살기에 언제나 그해 겨울과 그해 여름이 가장 춥고 더워요. 덥지 않은 여름이 없고, 춥지 않은 겨울이 없듯이 역사도 수월할 때가 없었을 겁니다. 마디에 옹이라고 우리는 분단까지 겹쳐 더 어렵게 살지만 역사란 그때마다 어려운 문제 하나 둘쯤 안겨 사람들을 부추기고 시험하나 봅니다. 언제 어떻게 풀어 가는가를 보는 것 같습니다. 역사란 참 짓궂은 것 같기도 한데 인간들의 오만과 퇴화를 막고 애국과 매국, 알맹이와 쭉정이를 선별해 내는 체 같기도 해요.

훅훅 달아오르는 삼복에도 밭을 매다 보면 처녀 죽은 넋씨 바람이 때때로 불어오고 뽑은 풀이 금방 시들어버리는 통쾌함이 더위를 이기게 합니다. 한겨울에도 지게 지고 집을 나설 때는 좀 썰렁하지만 어울려 산에 오르고 나무를 하다 보면 더워지고 한 짐 지고 집에 오면 화끈해져요. 덥다고, 춥다고, 어렵다고 움츠려 들지 말고 일을 하다 보면 꾀도 나고 힘도 납니다.

안동에서 서울 가는 철로도 평탄한 길보다는 수많은 굴, 강, 가파른 고개, 낭떠러지를 굽이굽이 돌아갑니다. 인생행로나 역사는 우여곡절이 있게 마련인데 그걸 어떻게 뚫고 왔는가 하는 것이 역사 같고, 이어가는 것이

현재를 옳게 사는 방법 같습니다. 수많은 호미질에서 꾸덕살이 생기듯이 어려움을 이겨내는 과정에서 민족의 마디와 저력이 돋아나는 것 같습니다.

스님께서 아시다시피 저의 겨울 일 중 하나가 자리 매는 일입니다. 그 일이 똑같은 동작의 무한 반복이라 짜증나고 지루한 것 같지만 뜻을 새겨 보면 그렇지만도 않아요. 자리감 틀 노끈과 고드랫돌이 들지요. 감으로는 부들과 띠를 음력 칠월에 벱니다. 그때가 부들이 연하지도 굳지도 않은 유강柔剛이 알맞은 때입니다. 호미, 낫, 괭이를 치는 쇠도 유하면 굽고 강하면 부러집니다.

굽지 말고 부러지지 않게 사는 길이 유강을 겸비하는 거라지요. 한 줄기의 부들, 하잘것없는 쇠붙이에서 인생을 배워야 되나 봅니다. 굽은 척, 죽은 척, 자는 척해야 하는 기막힌 세상에 살고 있는 걸 모르진 않습니다.

노끈은 삼이나 청오치(칡껍질로 꼰 노끈)를 쓰다가 약아지고 타락해서 몇 해 전부터 실을 사다 쓰고 있습니다. 노감은 한마디로 적당한 강도를 지닌 끈질긴 것으로

처지지 않고 떨어지지 않는 것이면 됩니다. 산에 가서 칡을 걷어 보니까 끝끝내 땅 위를 뻗는 것과 얼마 가지 않아 나무를 타고 오르는 것이 있었어요. 칡도 올라가기 좋아하는 놈 있고, 끝끝내 땅 지키는 놈 있었어요. 노감으로는 땅을 긴 것을 씁니다. 나무를 타고 오른 놈은 굳어 못쓰는데 꽃을 피웁니다. 땅과 떨어지면 굳어 버리는 모양입니다.

노를 꼬는 요령은 좌우 양쪽의 굵기를 같게 꽈야 질기고 맵시도 납니다. 좌경용공이라고 왼쪽을 약하게 하면 세상은 어떻게 될지 모르지만 노끈으로는 낙젭니다. 한 손으로는 노를 못 꽈요. 왼손 오른손이 다 듭니다.

자리틀은 곧고 긴 나무에 일정하게 눈금을 파고 양쪽 끝에 받침을 한 높이 한 자 반, 길이 대여섯 자 가량의 틀입니다. 눈금의 양끝에 노(끈)를 감은 고드랫돌을 한 칸은 길게 하고 다음은 짧게 겁니다. 날을 건다고 하지요.

자리 맨 지 한 십 년 됐어요. 처음에는 띠자리 만들다 부들자리도 만들기 시작했습니다. 대상과 시야의 확대라 할까요. 노끈에다 전신의 힘을 주니까 손이 찢어지는 듯 아팠는데 이젠 꾸덕살이 배겨 아픈 줄 모릅니다. 일에는 즐거움과 함께 어려움이 따르는데 그 어려움의 고비와 골짜기 굽이마다 인생을 살아가는 값진 교훈이 묻어 있는 것 같았습니다.

한 시간에 한 치쯤 매니까 일곱 자 매자면 일흔 시간 걸리는데 옛날은 물론 지금도 자리 매면서 시간 따질라면 안 매는 게 좋지요. 날 건 다음 틈틈이 매다 보면 어느 틈에 손 뗄 때가 되는 게 일이지, 눈에 쌍심지 돋우고 분초 다투며 살아 봤자 고달파 나가자빠지지 별 수 없습니다. 물론 어떤 일에 몰두하는 것과는 다르지요.

스님, 시류 타다 보면 안달하고 달달 볶이고 말 것 같아요. 그거 타지 말았으면 해요.

부들을 고를 때 처음에는 많이 버렸어요. 그러나 이젠 거의 다 씁니다. 제일 나은 것은 앞에 대고 다음 것으로 뒤에 받치고 짧고 못생긴 건 속에 넣지요. 부족한 것을 감싸 안는 아량 같기도 한데, '짧다', '길다' 하는 건 사람이 하는 말이고 길고 짧은 것이 알맞게 보여 식물은 이루어져 있지요. 집집마다 자리틀 두고 자리 매던 때는 앞쪽만 부들 대고 뒤와 속은 짚을 썼답니다.

자리 매는 일보다 몇 천만 배 큰 일 하자면 더 많은 것 받아들이고 어울려야 할 텐데, 요즘은 일치보다는 차이를 너무 내세우는 것 같습니다. 키가 큰 나무, 작은 나무, 잎이 넓은 나무, 뾰족한 나무, 심지어 이끼, 버섯까지도 모여 앞산 숲은 이루어지고, 손금은 세계에 똑같은 사람 하나 없어도 모두 비슷한 장갑 끼고 이 겨울을 나는데 말입니다.

자리 매면서 이런 생각도 해요. 자리틀을 붙잡고 생각만 하다 자리는 매지 않는다고 여편네가 악을 쓸 때가 꽤나 있지만요. 날은 역사, 씨(부들)는 현실 같구나, 씨와 날이 단단히 매어져야 자리가 되듯 역사와 현실이 잘 어우러져야 제대로의 삶이 이루어지겠는데 지금 이 자리를 매고 있는 것이 우리 역사와 현실에 어떠한 역할을 하고 있는가, 우리가 소망하는 그 자리를 어떻게 하면

이룰 수 있을까 하고 생각하며 죽어라고 노끈을 조입니다. 우리를 못살게 들볶는 놈들의 목을 조이는 환상으로 노가 끊어지도록 손아귀의 아픔을 쾌감으로 느끼며 조여 볼 때도 있습니다. 희망과 절망, 기원과 증오로 얼룩진 생각들이 뒤엉켜 한입의 자리가 이루어집니다. 아마도 그 자리 깔고 자는 분은 미안하지만 꿈자리 뒤숭숭할 겁니다.

하기야 엄동설한에 차가운 시멘트와 마룻바닥에서 귀한 님들이 오들오들 떨며 새우잠 자는데 다리 펴고 자는 것도 죄스럽고, 자리 매는 짓이 망설여지기도 합니다. 지금은 자리 맬 때가 아니라 창 다듬고 함정 팔 때라고 여겨 본 적이 한두 번이 아닙니다.

양수리 지날 때마다 한강 가에 지천으로 돋아난 부들을 보면서 소재素材가 아무리 많아도 쓰지 않으면 그냥 썩는구나 싶어서 안타까웠습니다. 대승불교승가회 사무실 가까이 대학로의 젊은이들 물결을 연상하면서.

자리 하나 매는 데도 틀이 있어야 하듯 무슨 일을 하

자면 틀이 필요하구나 생각했어요. 스님들이 만든 대승불교승가회도 하나의 틀이겠지요. 이 나라를 정토로 만들겠다는 뜻을 가진 스님들이 모여 정토를 구현해 보자는 것 같은데요.

저희 고장에도 농민회가 생겼어요. 이 틀을 중심으로 농민들이 힘을 모으는 것 같습니다. 농사짓는다는 건 그냥 논밭에 모 심고 씨 뿌려 거두는 것만이 아닙니다. 곡식을 매어 가꾸는 한편 돌도 빼내고 거름도 넣고 객토도 하면서 논밭을 더 좋게 만들고 고쳐 가는 일을 함께 합니다.

노동자들이 임금 인상 투쟁을 하듯 농산물 제값 받기 요구와 우리의 농사를 위축시키고 압살(미국산 밀 때문에 국산 밀은 전멸했습니다)시키는 외국 농산물 수입 반대 투쟁도 하는가 봅니다.

지금까진 농사짓는 데 비, 바람, 가뭄, 병충해 막으면 됐는데 몇 해 전부터 외국 농산물이란 괴물까지 막아야 농사를 짓게 되었습니다. 그래서 살기가 자꾸 복잡해져요. 미국 담배 들어오자 담배 농사짓던 이웃이 땅 두고 도시로 떠나갔습니다.

이건 그 어떤 큰 틀이 잘못되었거나 씨가 옳지 않은 모양입니다. 틀이 삐딱하면 아무리 애써 봤자 자리를 바르게 맬 수 없습니다.

국군과 경찰이 외국 농산물 들어오는 걸 막아 준다면 농민들은 없는 돈 써가며 여의도에 가지 않고 열심히 일해서 그들에게 떡하고 술 받아다 줄 텐데. 오히려 우리 농사 지키겠다는 농민들을 잡아 가둡니다.

세상이라는 틀이 잘못된 것 같습니다. 잘못된 틀은 사람을 잡습니다. 논밭만 있으면 농사지을 수 있다고 여겨 왔는데 세상이란 큰 틀이 잘못되면 농사를 지을 수 없다고 깨달은 농민들이 생겨나고 있습니다.

스님, 불교에서는 연꽃을 숭상하고 있는데 저는 뚝눈이라 연꽃보다는 연잎이 더 좋아요. 토란잎도 그렇고요. 그 잎에 아무리 물을 뿌리고 들이부어도 받아먹지 않아요. 똘똘 모아 쏟아 버려요. 어림없다, 할 테면 해보라고요.

우리 농촌의 흥망은 틀의 잘잘못, 외국 농산물의 수

입 여부에 달려 있는 게 아닌 것 같습니다. 틀은 사람이 만들고 고치고 없앨 수 있지 않을까요? 중요한 것은 농민들이 어떻게 각오하고 준비하는가에 달려 있다고 생각됩니다.

농민들은 세상을 머리로 평가할 만큼 명석하지 못합니다. 생활 터전인 논밭과 곡식값과 아이들 표정과 여편네들 바가지 긁는 소리로 세상을 평가하고 판단합니다.

길고 짧고, 잘나고 못난 부들이 어울려 혹은 부들과 짚을 합쳐 자리를 만들 듯 모든 농민들이 힘을 모아 농촌을 지켜 나간다면 농촌 문제는 잘 풀릴 것으로 확신합니다.

'한응대지발춘화寒凝大地發春華.' 꽁꽁 얼어붙은 겨울 추위가 봄꽃을 한결 아름답게 피우리라는 루쉰의 시구절입니다. 겨울과 봄이 남남이 아니라 맞물려 있다는 뜻 같기도 합니다.

스님, 이 겨울을 만끽하시기 바랍니다.

1989. 12. 2.

꽁꽁 얼어붙은 겨울 추위가 봄꽃을 한결 아름답게 피운다

물이 갈라지듯 흙덩이가 곡선을 그으며

현숙 보살님께,

어떻게 갔습니까? 입석이나마 곧 탈 수 있었는지요? 좌석은 말이 되는데 입석은 말이 안 돼요. 만약 설자리가 정해진다면 누구도 차를 타지 않을 겁니다. 정해지지 않았기에 여기저기, 이 칸 저 칸 기웃거리다 괜찮은 놈 곁에 설 수 있으니까 입석이 가당찮게 좋을 때가 있어요.

좌석은 자리가 정해져 그놈과 비슷한 인상을 가진 놈 옆에 앉을 수밖에 별 도리 없지요.

분기에서 기다리다 못해 묘산 가서 한참 만에 완행

타고 거창 거쳐 안의 지나 중산리에서 듬성듬성 눈 내리는 가파른 고갯길 오 리를 걸어 양쪽으로 개울이 흐르는 둔덕에 솟은 얄궂은 종림 스님의 토굴에 닿은 것은 해가 너웃거리는 저녁때였습니다. 미리 온 패들은 방을 덥힌다고 벽 아궁이에 장작을 지펴 탁탁거리며 장작이 타고 있었습니다.

스스로 설계하고 나무 베어 집을 짓는다는 것이 요즘에는 흔한 일이 아니지요. 남이 지어 준 집, 도배까지 해놓은 집에 스위치만 올리면 불이 켜지고, 조절 장치 틀면 방이 적당히 덥혀지는 이른바 현대식 주택과 견주면 이건 집이 아니라 헛간입니다. 자연과 이어진 것이 헛간이라면, 자연과 완전히 차단된, 중환자들도 불편할 것 없이 손가락 하나만으로 거처할 수 있는 것이 현대식 주택 같습니다.

사다리 타고 이층에 올라 저쪽 창으로 내다보고 다시 사다리 타고 삼층에 올라 이쪽 창으로 내다보았습니다. 삼층에도 한 열댓 명 한판 거뜬히 놀 수 있을 만합니다. 집 구경 이렇게 다하고 내려와 아궁이 앞에서 범산 스님이 내놓은 홍시를 뱃가죽이 따끔하도록 실컷 먹었습니다.

밤에는 이런저런 이야기와 노래로 제법 오래 있다가, 여기저기 퍼져 자고 아침나절에 떠나 대구를 거쳐 돌아와서 간기—일기는 부지런한 사람들이 쓰는 거고요, 나처럼 게으른 놈은 시시름 지난 한동안 일어난 일을 간간이 쓴다 하여 유식하게 사이 간 자와 적을 기 자를 합쳐 간기間記라 했어요. 일기장이 때때로 공안 사건의 증빙자료로 쓰였는데 간기는 그러한 불안도 없을 것 같아 안심이 됩니다—를 대충 쓴 다음 이렇게 보살님께 편지를 씁니다.

방안에는 메주 뜨는 특유의 냄새가 제법 납니다. 삶은 콩도 뭉쳐지니까 싹 죽지 않고 그 무슨 조화와 음모를 꾸미나 봅니다.

봄은 아직 멀었지만 수많은 봄을 겪으며 느낀 소감과 기원을 이제 보살님 붙들고 넋두리처럼 해보고 푸념처럼 늘어놓는 것이 외려 늦은 감마저 듭니다.

봄이 올 때마다 미칠 듯이 떠오르는 건 신동엽 시인의 「4월은 갈아엎는 달」이란 시입니다.

미치고 싶었다.
4월이 오면
산천은 껍질을 찢고
속잎은 돋아나는데
4월이 오면
내 가슴속에도 속잎은 돋아나고 있는데
우리네 조국에도
어느 머언 심저心底, 분명
새로운 속잎은 돋아오고 있는데
.....
강산을 덮어 화창한 진달래는 피어나는데
그날이 오기까지는, 4월은 갈아엎는 달
그날이 오기까지는, 4월은 일어서는 달

(1966년 4월)

이 시 첫머리에 나오는 미침에 대해 좀 이야기해 볼게요. 미친다는 뜻은 한자로는 미칠 광狂자와 미칠 급及자가 있는데, 어느 시점이나 경지에 도달及하기 위해서는 미쳐야狂 한다고 어느 분이 말합디다.

먹고 살자는 뜻도 있지만 봄이 와서 땅이 풀리면 땅을 갈고 씨를 뿌려야 삶의 충족감을 느낍니다. 땅과 몸을 맞비벼 대면서 어머니 품의 포근함을 느끼며, 힘의 약동과 마음의 안정을 얻습니다.

갈아엎자면 시퍼렇게 날선 보습을 맨 튼튼한 쟁기와 겨우내 잘 거둔 소와 일꾼이 있어야 합니다(요즘에는 경운기로 논밭을 갈지만 이치는 마찬가집니다).

처음으로 소에 쟁기 매어 갈려고 했더니 도통 안 돼요. 용하게도 소가 사람을 알아봐요. 쟁기 끌고 타리 치는 걸 겪으면서 소가 사람을 판단해요. 이건 생둥이다, 난 나대로 놀겠다는 겁니다. 그럴수록 쩔쩔매는 것이 선일꾼의 마음과 몸짓입니다. 소는 소대로 가고 쟁기는 공중으로 자빠집니다. 소에 끌려가고, 보습을 부러뜨리고, 몸을 다치고, 갈다가 건너뛰다가 숱한 실패를 거듭한 끝에 겨우 소를 부릴 수 있게 되고, 골을 잡아 갈 수 있게 되었습니다.

소를 부린다는 것도 천층만층입니다.

처음에는 끌려가다가 겨루고 겨룬 나머지 멈춰 세울 수 있어야 부릴 수 있습니다. 고래고래 소리 지르며 소 부리는 일꾼, 타리를 수없이 치며 소를 부리는 사람.

우리 마을에서 소를 가장 잘 부리는 최무동이 소 부리는 걸 보면 그와 소가 호흡이 완전히 맞아 사람도 소도 힘들지 않게 논밭을 갑니다. 마치 유희를 하는 것 같습니다. 어떤 대목에서 속삭이듯 소에게 이야기하고 소도 유연하게 방향을 바꾸어 물이 갈라지듯 흙덩이가 곡선을 그으며 넘어갑니다.

선일꾼은 소에 끌려가고 상일꾼이 소를 부리듯이, 미숙한 대중은 세상에 끌려가고 성숙한 민중은 세상을 바로잡아 갈 수 있겠구나 싶기도 합니다.

갈아엎은 땅에 골 짓고 망 지어 씨 뿌려 싹트면 매어

가꿉니다. 이 과정에서 농민들은 곡식과 일심동체가 됩니다. 가뭄 타면 안타까워하고 병들면 울고 싶고, 싱싱하게 자라면 힘이 솟습니다. 그러면 농민들은 농사에 열중하게 되어 더위도 잊고 비지땀 흘리며 일에 몰두합니다. 때때로 농자금 모자라 빚도 지고, 허기도 지고, 농약 치다 병을 얻기도 하지만, 생산 과정에서는 나름대로의 재미와 보람을 느낍니다.

문제는 추수가 끝난 가을에 있고 감자를 캐 파는 칠월에 있습니다. 새빠지게 열심히 일해서 가꾸고 거둔 곡식을 소작료로 때우고 더군다나 값이 똥값일 때 농민들은 허탈에 빠집니다. 유식한 말로 한이 쌓인다고 합니다. 토지 문제와 농산물 값은 사회적으로 이루어지는데 농민들은 그걸 자기가 재수가 없어서 빗나갔다고 생각해 버립니다. 세상에 대해 관심을 가지지 않는 농민은 없지만, 세상이 잘못되어 값을 제대로 받지 못한다는 걸 알기에 욕은 제법 하지만 덤벼들 생각은 못하고 있습니다.

이러한 이웃들을 보면서 전경全耕을 생각해 봅니다. 지금까지 전경에 대해 쓴 것을 신동엽 전집에서 봤지만

난 농촌에 사니까 농민의 입장에서 전경을 꾸며 볼 수밖에 없습니다.

농민이 제대로 농민 구실을 하자면 땅과 스스로와 세상을 함께 갈고 가꾸어야겠다고 느낍니다.

곡식이 제대로 자라는 데 질소, 인산, 칼리의 세 요소가 필요하듯 농민이 제대로 된 온전한 농민이 되자면 땅도 갈고 자기 스스로도 갈고 세상도 갈아야지, 줄기 자라는 질소만 듬뿍 주고 뿌리 튼튼히 뻗는 인산과 열매 충실히 맺는 칼리를 주지 않으면 짚 농사만 짜드러 짓지 벼는 쭉정이만 달리게 됩니다. 그렇게 해서 농사 풍년이 값 폭락을 가져 온 일이 한두 번이 아닙니다.

물통의 법칙이란 게 있어요. 옛날에는 요사이 시장에서 파는 명란통 같은 물통을 나무로 만들었습니다. 판자를 여러 쪽 모아 통을 짜는데 높고 낮은 판자로 통을 짰다고 합시다. 물은 가장 낮은 판자 높이밖에 차지 않아요. 지금 농민들은 농사짓는 일은 아주 열심히 합니다. 겨울에 하우스까지 만들어 죽자 살자 일해요. 그래서 한쪽 판자는 굉장히 높아요. 한편 스스로와 세상을 만드는 일에는 무관심해서 다른 쪽 판자는 아주 낮아요. 새빠지게 물을 부어 봤자 물은 낮은 판자까지만 차지 절대로 더 높이 올라가지 않지요. 그 차가 심할수록 좌절감은 크고 한은 사무칩니다.

한이 사무치고 역사의 무게가 무거운 게 자랑스러울 것은 못 되지요.

한恨은 한계限界에서 오고, 역사의 무게는 역사적 과제를 치르지 못한 데서 온 것이니 자랑할 게 아니고 창피한 일입니다.

스스로를 갈려면 세상도 갈아야 한다는 마음으로 세상과 스스로를 바꾸지 않고서는 농사도 제대로 지을 수 없음을 깨달아야지요.

묵밭에서 잡초와 독초가 길길이 자라듯이 우리가 세상이란 밭을 갈지 않고 비워 두니까 어중이떠중이, 깡패, 건달들이 꾀어들어 나라를 홍정하고 백성을 볶아먹을 못된 짓 함부로 저지르고 있지 않나 싶어요.

보살님, '입향순속入鄕循俗', 어느 곳에 가거든 그곳 풍습을 따르라 했지요. 반공을 국시로 하는 자랑스런 우리나라에서 용공하면 잡혀 가지요. 지구촌에서 살자면 어쩔 수 없이 지구의 운행 리듬에 맞추어 살 수밖에 없지요.

지구는 태양 둘레를 공전公轉하면서 자전自轉하고 있다고 합니다. 우리가 어쩌다 지구에 태어난 이상 제대로 살자면 싫든 좋든 그 리듬에 따를 수밖에 별 도리가 없을 것 같습니다. 가만히 살펴봐도 그렇고 역사를 따져 봐도 역시 자전과 공전을 할 수밖에 없을 것 같아요. 역사가 뒤틀리고 개인의 삶이 제 모습을 갖추지 못하는 것이 공전과 자전을 알맞게 하지 못한 데서 오는 듯합니다.

우리가 자전에만 힘쓰다 보니 돌아가기는 제법 돌아가는데 공전과 떨어져서 앞으로 나아가지 못하는 공전空轉이 되어 버리고, 일부 사람들은 자전은 안 하면서 공전에만 열중해서 역시 공전空轉하는 걸 볼 수 있습니다.

우리의 남북 분단이 삶을 동강내듯 자전과 공전을 조화롭게 이루지 못하는 삶 또한 반쪽 인생을 살 수밖에 없을 겁니다.

보살님, 산다는 것, 이렇게 편지를 쓴다는 것도 결국 완전한 인간을 위한 탐색이고 몸짓일 테죠. 요약하면 자기 자신에 대해서, 자연에 대해서 그리고 같은 인간인 딴 사람들과 어떠한 대응과 관계를 맺어야 하는 것 같은데, 분단으로 깨어지고 공전과 자전으로 또다시 반이 왔다갔다 하는 판국입니다.

보살님, 일상은 이웃과 리듬을 맞추어 가며 크게는 민족과 지구의 리듬에 도달하는 삶으로 1990년대를 차려 봅시다.

1990. 1. 20.

엄동설한 눈 속에 삿갓 하나 받치고

현숙 보살님께,

지난번 그러니까 경오년 정초에 한 십 년 만에 모처럼 많은 눈이 왔지요. 1990년대의 첫달인 정월 초승에 부처님이 설 선물로 우리 조선 사람들이 오글박작 살고 있는 조선 천지에 서설瑞雪을 듬뿍 내려 주셨습니다. 이렇게 모처럼 눈이 많이 올 때면 김삿갓 어른의 눈 시가 불현듯 떠오릅니다. 아시겠지만 기억을 더듬어 한번 써 봅니다.

天皇崩乎人皇崩

万樹青山皆被服

明日若使陽來弔

家家擔前涙滴滴

우리말로 풀어보면 다음과 같이 됩니다.

천황이 돌아가셨느냐, 인황이 돌아갔느냐.

오만 나무들과 청산들이 다 흰 몽상을 입었네,

날이 밝아 태양이 문상을 오자,

집집마다 처마 끝에 눈물이 뚝뚝 떨어지네.

그날 저녁 때 우리는 승가회에서 만나 아현역에서 아현동 고갯마루의 「해인」 편집실까지 눈을 맞으며 걸어갔지요. 우리가 아직은 완전히 메말라 버리지 않은 탓인지 눈 본 강아지처럼 마냥 신나 했지요. 그런데 삿갓 어른은 눈길을 걸으면서도 시를 흥얼거렸나 봅니다.

飛來片片三月蝶
踏去聲聲六月蛙

송이송이 날아오는 눈송이는 춘삼월 나비 같고
밟을 적마다 나는 눈 다져지는 소리는 유월달
개구리 소리 같구나.

엄동설한 눈 속에 오직 삿갓 하나 쓰고 가면서 춘삼월과 한여름을 함께 안는다는 것이 얼마나 여유롭고 풍족합니까? 어찌 생각하면 삿갓 하나만을 가졌기에 그런 여유가 생겨났는지도 몰라요. 삿갓을 한 짐 졌더라면 행여 엎어질까, 자빠져서 삿갓이나 다치지 않을까 마음이 온통 콩밭에 가 있어서 삼월의 진짜 나비도 눈에 띄지 않았을 것 같기도 해요.

보살님, 내친 김에 시 이야기 딱 하나만 더 합시다. 요절한 일본의 시인 이시가와 다쿠보쿠는 "포근하고 사뿐히 쌓인 눈에/따스하게 달아오르는 볼/묻어 보는 듯한 그런 사랑 해보고 싶구나"하고 노래 불렀어요. 눈이란 이렇게 가당찮게 좋은 것 같습니다.

억수로 쏟아져 내리는 비, 하늘이 뿌허옇게 춤을 추며 오는 눈, 거리를 꽉 메우고 노도처럼 넘쳐나는 군중들의 물결과 함성. 이것을 어떻게 볼 것인가? 이것이 재난인가 혜택인가? 눈 하나만을 들어서 저의 소견을 말해 볼게요. 많은 사람들이 서설瑞雪이라고 여긴다는 것은 확신합니다. 특히 아이들은 강아지와 함께 신이 나서 뛰고 뒹굴지요. 이것이 희망을 가질 수 있다는 징표입니다. 보살님도 알다시피 그때 마침 서울에 가 있었는데, "기회를 놓치지 말라勿失好機"는 조상의 유지를 받들어 눈사람을 만들어서는 유치부가 있는 속셈학원에 팔아 한몫 단단히 잡았습니다.

그런데 신문에는 폭설이 와서 교통이 마비되고 집과 비닐하우스가 무너졌다고 야단법석을 떨었습니다. 자연은 눈을 내리게 한 다음 양래조陽來弔해서 말끔히 녹여 줍니다. 눈을 마치 좌경 용공분자, 경제 성장 저해사범으로 보는 높으신 분들은 불도저로 밀고 약을 쳐서 녹입니다. 여기에 덩달아 일부 시민들도 빗자루와 종가래로 눈을 칩니다.

보살님, 우리가 지금 빗자루 들고 쓸어야 할 것이 정말 눈입니까? 불도저로 약으로 눈을 밀어내고 녹이는 그 사람들이 지난날, 그리고 앞으로도 영락없이 거리로 쏟아져 나오는 민주와 통일의 물결까지 막을 장본인들임에 틀림없을 것 같아요.

요즘 많이들 떠들어 대는 지역감정이니 계급 이론, 나는 다르게 봅니다. 사람들을 두 가지로 나누어 볼 수밖에 없어요. 무식하니까 누구의 눈으로도 다 볼 수 있는 걸로 패를 갈라 봤어요.

이번에 온 눈을 서설로 보는 패와 폭설이나 설해로 보는 분들, 곧 광주사태 때 시민들을 폭도로 겁에 질려 보신 분들과 감히 그것을 의거義擧라고 여긴 무리로 나눌 수밖에 별 도리가 없어요.

자연과 어울려 자연스럽게 살아가겠다는 사람들이 있는가 하면 자연을 원수처럼 정복의 대상으로 여겨 자연의 리듬에 거슬리게 사는 게 잘사는 것인 양 우쭐대는 분들이 있습니다. 자연의 리듬을 거부하는 사람들은 어김없이 역사의 흐름도 막으려 들고 민심도 깔아뭉개려 들어요.

그런데 서울 올 때 망우리 지나 이문동, 석관동의 집들이 게딱지처럼 덕치기로 들어선 것을 보면서 느낍니다. 서울에 사람들이 이렇게 많이 모여든 것이 위정자들의 의도보다는 서울로 몰려가면 큰 수나 날 줄 알고 남부여대하고 몰려간 민중 자신임을 인정해야 할 것 같아요. 이른바 민중은 피해자인 동시에 가해자 편을 들어왔어요. 알게 모르게 달콤한 인공 감미료를 동경하고 선망해 왔습니다.

서울을, 나라를 이렇게 만든 근본적인 책임은 민중이 져야 합니다. 그래야만 새로운 서울, 새로운 역사를 그들이 만들 수 있지 않을까요? 서울 거리의 눈을 쓸어내듯 서울의 진짜 쓰레기와 나라의 쓰레기더미를 쓸어낼 사람은 민중이지만, 먼저 그들 자신의 허망한 소원을 뿌리친 다음, 진짜 그대로의 민중으로서 땅이 파일만큼 땅바닥을 단단히 딛고 의연하게 일어설 때에만 가능하다고 믿어요.

농사를 짓는다는 것은 풀을 뽑는 일이기도 합니다. 곡식은 뿌려야 나지만 풀은 옛날부터 지난해까지 떨어진 풀씨가 수없이 돋아납니다. 부정적인 역사의 유물과 유습들이 우리의 전진을 가로막듯 잡초는 수없이 돋아납니다. 그걸 뽑아 주지 않으면 곡식이 오그라지고 시들어 녹아 버립니다. 부정적인 요소들이 얼마나 끈질기고 뿌리가 억센가를 말해 주는 듯합니다. 끈질기고 노회老獪한 수구세력과의 대응은 그에 합당한 방법이 준비되어야 할 것 같습니다.

보살님, 이번에는 흙 이기는 이야길 좀 해 볼게요.

벽을 바르고 벽돌을 찍고 마당 수조를 하려고 일 년에 한두 번쯤은 진흙을 이깁니다. 흙을 대강 이겨 벽을 바르고 벽돌을 찍어 봤더니 모양은 아무 이상이 없는데 자꾸 떨어지고 갈라져 버립디다. 좀 더 이겨 발랐더니 그런대로 붙어 있긴 하는데 며칠이 지나니까 펄렁거려요. 새로 바른 것이 전에 있던 것과 따로 놀아요. 에라 삼세판이라고 이번에는 흙에 집이 나도록 이리 뒤지고 저리 뒤져 가며 이겼습니다. 집이 나니까 완전히 한 덩어리가 되고 마른 벽에 붙는 힘도 좋아졌는지 찰싹 붙어서 떨어지지 않아요. 올해 메주를 쒀서 밟아 달았는데 갈라지고 깨져요. 작년에는 안 그랬는데 바깥 모양이야 작년이나 올해나 같은데 왜 이럴까 싶었더니 알고 보니 집이 나도록 찧지 않았던 게 이유였습니다.

흙도 메주도 집이 나도록 이기고 찧어야 엉겨 떨어지지 않는 힘이 생긴다는 것을 알았습니다. 우리 고장에서는 아해들이 어울려 신나게 노는 것을 "야! 그놈들 집지게 논다"고 합니다.

흙을 이기면서 집의 이치를 깨달으며 우리의 역사와 사람과 사람 사이의 관계를 생각해 봤습니다. 갑신정변이 삼일천하로 끝난 것이 설익어서 그렇게 된 게 아닌가, 4·19도 그런 것 같고. 역사에서 민중이 이겨진다는 것이 어떠한 것을 말하며, 집이 난다는 것은 무슨 뜻일까 생각해 보게 됩니다. 회의만 자주 하고 논쟁만 일

삼는 것이 이기기만 하고 바르지는 않는 것 같이 느껴져요. 사람들이 와서 모였다 뿔뿔이 헤어지는 것은 그들 사이에 집이 나지 않았던 까닭처럼 느껴져요. 진짜 모임은 이기는 과정에서 집이 나야 하고, 집이 나면 발라야 하는데도 계속 뒤집어 이기기만 하면 그대로 굳어 버려요. 집이 나도록 이겨진 흙은 대상에 발라져서 대상과 한 덩이가 되어 새롭거나 더 완전한 물체로 거듭납니다.

보살님, 이번에는 고달픈 일과 놀이 같은 일 이야기를 해보겠습니다.

귀 쥐고 쪼그려 앉아 뛰는 토끼뜀이 힘 드는 운동이듯, 앉지도 서지도 못하고 무논에서 모 심는 일은 괴로운 농사일 중의 하나입니다. 이 모 심는 고역은 아마 수백 년 되풀이되어 왔을 겁니다. 그러나 일이 정말 고역이 되어야 하는지 물어 보게 됩니다. 종살이의 고역, 징역살이의 고역, 분단의 고역, 외래 상품의 홍수 속에서 우리의 농촌이 시들어 가는 안타까움도 한 뿌리에서 돋아난 독버섯이 틀림없지만 일의 고역을 해결하면 딴 것도 풀릴 것처럼 느껴집니다.

한 오륙 년 전에 들었던 투묘(판에 모를 길러 던져 심는 것)를 재작년부터 시작했습니다. 재미있어요. 노동이 놀이가 된 것입니다. 심는 고역에서 풀려났을 뿐만 아니라 수확량도 손으로 심은 것이나 기계로 심은 것보다 더 낫습니다.

사람은 노동을 통해서 사람이 된다고 하는데, 고역은 사람을 삐뚤어지고 잔인하게 만들어 왔다고 생각해요. 노동의 고역에 오랫동안 시달려 온 사람들은 일 자체를 부정합니다. 그래서 그들은 자식들에게 일을 시키지 않겠다고 안간힘을 쓰고 있습니다. 자식들은 사무원, 공무원을 만들겠다는 것입니다.

일을 변화시켜 노동의 고역(비지땀 흘리며 하는 일)에서 벗어나게 하자는 게 아니고 나와 내 자식만은 일을 시키지 않겠다는 것은 극히 이기주의적인 발상입니다. 일을 변화시키는 일이 생활을 변화시키고 삶의 방식과 태도를 변화시켜 결국은 자신과 세상도 변화시키는 기초가 될 수 있지 않느냐 하고 생각해 봅니다.

세상을 그대로 두고 사무직 아니라 사십무직을 한들 그게 그리 신통하지 못할 것은 시골에서 서울로 간 사람들이 별로 큰 수 내지 못한 것에서 봅니다.

노동이 제자리를 차지할 수 있도록 하자는 것이 곧 사회적 실천이고 새 세상 만들기 운동이겠지요. 이것은 노동을 거부하고 부정하는 것이 아닙니다. 거듭 하는 말입니다만 노동의 고역에서 벗어나 노동 과정 자체도 즐거워야 하고, 그 결과도 흐뭇해야 합니다. 다시 일을 하고 싶은 마음이 생겨날 수 있는 신나고 즐거운 인생이라고 떳떳하게 느낄 수 있는 그런 일을 해보겠다는 것입니다.

오늘날 일이 크게 둘로 양분되어 정신노동, 육체노동으로 나누어졌는데 이것도 빨리 어우러져야 합니다. 가장 이상적인 것은 역시 경독耕讀의 일체화라고 여겨요. 참된 경耕은 독讀을 필요로 하며, 독讀도 경耕을 통해서 심화되고 제구실도 할 수 있겠지요.

방에 틀어박혀 책상 붙들고 앉아서 천하명문이 나온

다면 천하는 무색해질 것입니다.

보살님, 또 너절한 말만 해서 죄송합니다.

1990. 2. 20.

구경꾼과 구경거리

현웅 스님,

딱 한 곳에 뜰박샘이 남아 있습니다.

며칠 전 그 근방에 갔던 길에 뜰박으로 물을 퍼서 먹어봤습니다. 뜬 뜰박줄을 알맞게 팽팽히 당긴 다음 톡 처 엎어 뜰박에 물이 가득 차면 뜰박줄을 사려 올려 마시는 물맛은 수돗물 맛과는 달라요. 한 과정 치른 뒤 마시는 것이라 그럴까요? 오 년 넘게 뜰박줄을 통해 그의 체온을 느끼고, 퍼 올린 물을 부을 때나 다시 샘으로 던져질 때 직접 그의 손에 닿으면서 물을 길어 올리던 뜰박이 이제 댕그라니 혼자 남았습니다.

물 길러 오던 그가 떠나가 버렸기 때문이지요.

끈 떨어진 뜰박이 아니라 써 주는 이 없어 바싹 마른 뜰박이 되고 말았습니다.

물을 푸지 않으면 샘이 말라 버리듯 편지를 쓰지 않으면 생각까지 말라 버릴까 두려워, 우물과 인연 깊고 그 마음이 마치 옛 우물 같으신(심여고정心如古井) 스님을 향해 몇 자 느낌을 적어 봅니다.

스님, 저의 집 마당과 담 근방에는 산수유 꽃이 노랗게 만발했습니다. 봉오리가 처음 벌어질 때는 아주 조금씩 조심스럽게 벌어져요. 그러한 과정이 일정한 단계에 이른 다음에야 꽃이 활짝 피어납니다.

그런데 인간은 태어날 때 고고지성呱呱之聲을 내지르고, 무슨 일을 시작할 때 요란스런 성명을 내고, 심지어는 공약空約까지 합니다. 광고업이란 것까지 있는데 어느 것이 참된 태도인지 갈피가 잡히지 않습니다.

그러나 풀은 말없이 돋아나서 놀랍습니다. 사람들

중에도 숨은 일꾼이 있기는 하지요. 풀은 처음에는 아주 작게 돋아나서 차근히 기초를 다져 나갑니다. 하늘로 치솟는 대나무도 뿌리담은 촘촘하게 단단한 마디를 지우면서 바탕을 다지는 것 같습니다. 그래서 대나무는 꺾일지언정 쓰러지지는 않는 모양입니다. 벼도 뿌리에서 두세 마디가 웃자라면 쓰러질 때 그곳이 꺾입니다. 나무가 가지를 칠 때도 가지들이 줄기를 통해 서로 엉켜 줄기까지도 단단하게 만들고 있습니다. 장작을 패면서 그걸 알았어요. 줄기담은 쉽게 갈라지는데 가지담은 몇 갑절 힘이 들어요.

그런데 사람들이 벌이는 일은 처음이 지나치게 요란스러워 보입니다. 결혼식도 그것이 시작인데 그걸 치르는 데 진을 다 빼 버리는 것처럼 느껴져요. 일을 지나치게 벌여 가지가 줄기와 함께 시들어 버리는 안타까운 모습을 종종 봅니다. 일의 백화점만 차려 놓고 한 가지도 제대로 하지 못해요. 나무가 싹터 크고 가지 치는 데서도 배워야 할 것 같습니다. 나무는 자체의 힘과 이십사절기와 사계절의 리듬을 타고 다지며 커 가는데, 사람들은 억지와 경쟁으로 자신과 이웃, 줄기까지도 갉아 먹으면서 크려고 하니까 일이 뒤틀리는 게 아닌가 싶어요.

스님, 봄이 되자 동리 앞 신작로로 관광버스가 뻔질나게 지나다닙니다. 화사하게 차려 입으신 구경꾼들이 마냥 즐거운 표정으로 주마走馬 대신 고속버스로 간산촌看山村하시며 지나갑니다. 그러데 스님, 이 하늘 밑 어디에 과연 구경거리가 있습니까? 그러나 구경꾼에게는 거울에 비친 자신의 얼굴과 몸뚱이도 구경거리가 되는가 봅니다. 이리 다듬고 저리 다듬어 좀 더 많은 사람들의 구경거리가 되려고 안간힘을 쓰고 있으니까요. 구경꾼이 바로 구경거리질을 하는 셈입니다.

땅 위에 돋아난 풀 한 포기에서 하늘에 뜬 구름까지 거기에 구경거리는 없습니다. 그들은 자연의 조화이자, 이 세상을 꾸며 가는 일에 몸 바치면서 진지하고 착실한 삶을 영위해 가는 생명체들이며 그들의 동료들이 아닐까요?

산천과 초목을 구경거리로 여기는 구경꾼은 자기 자

신과 남편, 자식들까지 포함한 국민 전체를 구경거리로 여길 수밖에 없을 겁니다. 삼천만 동포가 육천만으로 불어났다고 자랑하는데, 그들 중 과연 얼마만한 사람들이 구경거리와 구경꾼이 되기를 거부하고 있을까 생각해 봅니다. 몇 년 전 이한열 군의 장삿날 서울과 광주 그리고 영구차가 지나가는 곳에 구름처럼 몰려들었던 백만이 넘는다는 사람들 중에서 한열이의 죽음을 가슴에 묻은 사람들이 얼마나 될까 지금까지도 곰곰이 생각해 봅니다.

한열이가 살아 있는 사람들의 마음속에 묻히지 못한다면 그게 진짜 죽은 것이 되는 게 아닐까요? 한열이가 경찰이 쏜 최루탄에 맞아 죽었지만, 그를 진짜로 살리고 죽이는 것은 백성들이 그의 죽음을 어떻게 받아들이는지에 달려 있는 게 아닐까요? 가슴에 안느냐 구경거리로 삼느냐, 거기에 달려 있어요. 죽음까지도 구경거리로 삼는 민족은 수많은 시체더미에 짓눌려 멸망해서, 시체를 구경거리로 삼기를 거부하는 민족들의 구경거리가 될 게 뻔합니다.

이 땅에서 하루 빨리 관광버스가 없어지고 순례자들의 행렬이 생겨나기를 바랍니다. 순례자들은 그들이 지나는 신작로가 어떻게 해서 생겨났으며, 그들이 지나가는 옆 동리의 사람들은 어떻게 살아가고 있을지 생각할 겁니다. 또 그들과 비슷한 사람들은 어떻게 살아가고 있을지 생각할 겁니다. 또 그들과 비슷한 사람들하고 연대를 맺어 서로 안고 있는 문제를 이야기하고 풀어 가는데 동참하며 심부름하는 일을 떠맡을 수도 있을 것 같습니다.

스님, 그런데 별로 그럴 가망은 없어 보입니다.

지금 서울을 비롯한 도회지에서 떠들썩한 집세 파동이란 걸 보십시오. 바로 한 지붕 밑 벽 하나를 사이에 둔 사람들끼리 절반이(오백만 가구) 구경꾼이 되어 나머지 절반을 구경거리로 삼는 현상이 벌어지고 있지 않습니까? 그러지 않기를 손 모아 비는데, 아무리 해도 그런 것 같아요. 더욱이 보통 구경거리는 돈을 내고 구경하기 마련인데 이 집세 파동이란 구경거리는 돈을 받으면서 세 든 사람들이 쩔쩔매는 것까지 함께 구경하니 구경 치고는 멋들어진 구경거립니다. 그러니 구경꾼이 그걸 놓칠 까닭이 있겠습니까?

달포 전 팀스피리트 작전이 벌어졌을 때 신문에서, 중단을 요구하는 학생들이 미군 사령부에 들어가 항의하려다 잡혀 갔다는 기사와 사진을 보았습니다만, 그때 마침 제천 지방을 지나다가 팀스피리트 훈련을 환영한다는 현수막을 보았습니다.

이색적인 외국군이 신기한 최신 무기를 들고 국토를 종횡으로 쏘다니는 것도 색다른 구경거리가 되나 봅니다. 이 나라의 구경꾼들이 돈 안 내고 보는 구경거리라고 미안했는지 동방예의지국의 국민답게 환영 현수막으로 예의를 대신한 것 같아 씁쓸했습니다.

구경꾼들에게는 꺼질 듯 말 듯한 풍전등화의 조국의 운명도, 분단의 고통으로 몸부림 치는 민족의 모습도 다스릴 넘치는 짜릿한 구경거리로 비치는 모양입니다.

외국 수입 상품의 홍수 속에서 수많은 외국 농산물과 외국 상품은 물론 그 무게에 짓눌려 시들어 가는 농촌 풍경도 덤으로 구경하게 되는 행운까지 맛봅니다.

스님, 어느 면에서는 맥도 추지 못하기에 딴 데서 벌충한다고, 남에게 뒤질세라 구경꾼이 점점 불어나서, 서로 돕고 이끌면서 구경꾼이 구경거리가 되고, 구경거리가 구경꾼이 되는 구경판이 올 봄에는 더욱 크게 벌어져 단군 할아버지도 신나 할 것 같습니다. 아마 사월 초파일도 그 중의 한 절정이 되겠지요.

스님, 이번에는 삶이라는 글자와 작은 점에 관한 이야기를 해보겠습니다. 저의 고장에서 가장 작은 물건을 가리키는 형용사가 좁쌀과 담배씨인데, 돌가지씨가 담배씨만큼 작아요. 올 봄에 돌가지씨를 뿌리며 깨달았습니다. 씨는 작아야 뿌리기도 묻기도 간수하기도 쉽겠다고. 그래서 씨는 이렇게 작게 생겨났구나 하고 감탄했습니다. 씨가 좀 굵은 율무, 콩, 땅콩은 심어 놓으면 짐승들이 파먹기도 하는데 작은 씨는 짐승들이 건드리지도 못합니다. 눈에 띄지 않는데 어떻게 건드릴 수 있어요? 낙락장송으로 자라는 솔씨는 쌀의 오분의 일이 될까 말까 하고, 몇 백 년을 살고 몇 아름드리로 큰 느티나무의 씨는 이파리 뒤편에 붙어 있다고 들었는데 얼마나 작은지 이제까지 보지 못했습니다. 하여튼 눈에 잘 띄지 않을 정도로 작은 것만은 틀림없는 것 같습니다.

씨의 공통점은 작다는 것입니다. 그래서 뿌리고 묻기 쉬우며 땅에도 별 부담감을 주지 않습니다. 나무도 어린 묘목을 심어야 살기도 잘 삽니다. 큰 나무는 옮기기도 심기도 힘들고 살리기도 힘듭니다. 옮겨 심은 큰 나무는 몇 해 몸살을 앓다가 겨우 살아나거나 말라 죽기 일쑤입니다.

스님, 종교 교리와 민족 해방, 인간 해방이란 이론도 무슨 씨 비슷한 데가 있지 않습니까? 그 씨를 사람들의 마음속에 심을 때 심어졌는지도 모르게 심어 그 사람이 씨를 싹 틔워 키우고 꽃피워 열매 맺게 한다고 느끼곤 합니다.

그러한 것이 진짜 같은데, 요사이 논의들은 큰 나무를 옮겨 심는 것처럼 어마어마하게 커서 가슴에 심기보다는 짊어지고 다녀야 할 판입니다. 그것을 짊어지고 다니느라 사람은 지치고, 이론은 사람들의 등과 다리에서 시들어 버리는 것 같아요. 많은 사람들이 가슴에 심어 기르고 키울 수 있을 만큼 작고 작은 교리와 이론이어야 사람 사이에 씨로 뿌려질 수 있지 않을까 생각합니다. 씨가 땅에 묻혀 싹을 틔우듯, 사람의 인격과 삶의 일부도 딴 사람에게 묻혀야 한다고 여깁니다.

신영복 선생님은 이렇게 말했습니다. "우리가 살아간다는 것이 곧 우리들의 심신의 일부분을 여기저기, 이 사람 저 사람에게 나누어 묻는 과정이란 생각이 듭니다. 무심한 한 마디 말에서부터 피땀 어린 인생의 한 토막에 이르기까지 혹은 친구들의 마음속에, 혹은 한 뙈기의 논밭 속에, 혹은 타락한 도시의 골목에, 혹은 역사의 너른 광장에…… 저마다 묻으며 살아가는 것이라 느껴집니다.

묻는다는 것이 파종임을 확신치 못하고, 나눈다는 것이 팽창임을 깨닫지 못하는 아직도 청산되지 못한 나의 소시민적 잔재가 치통보다 더 통렬한 아픔이 되어 나를 찌릅니다."

스님, 도시에 큰 집이 들어서니 사람들도 덩달아 큰

소리를 곧잘 치는데, 집이 사람을 압도하듯 교리나 이론이 사람들을 압도해서는 안 될 겁니다. 제가 거처하는 방에 우이牛耳 선생님의 글씨 한 폭이 걸려 있습니다. '한울삶'이란 것인데 언젠가 이런 생각을 해 봤어요. 삶이란 자에서 가장 작은 점 하나 떼어 보자고 그랬더니 삷이 돼요. 삷이란 사전에도 없는 아무것도 아니래요. 확실히 삶은 삷인데 말입니다. 그런데 거기에 작은 점 하나 찍으니 '삶'자가 되어요. 삶에서 점 하나가 얼마나 중요한지요? 점 하나는 누구나 뗄 수도 찍을 수도 있을 것 같습니다. 큰 힘 들 것도 없습니다. 그러나 점 하나가 삶이 되고 뒤범벅이 되는 큰 일을 하는 건 마치 작은 씨가 큰 나무로 자라나는 이치처럼 느껴지기도 합니다.

뒤범벅이 삶이 되어 사람을 바꾸고 사람이 바뀌면 세상이 바뀌는 게 아닐까 생각해 보면서 아주 작고 작은 일에 서로 부담감 주지 않고, 소리 없이 눈에 띄지 않는 작은 일을 하는 사람들이 많이 생겨나기를 올 봄의 소원으로 삼고 싶습니다.

스님께서 이 작은 소원을 들어 주시리라 믿습니다.

안녕히 계십시오.

1990. 4. 8.

다양한 개인이 힘을 합쳐 이룬 민주주의

스님, 며칠 전에 의성군 춘산면 효선리에 있는 친구 집에 갔습니다. 그곳은 산수유의 고목이 온 산천에 심어져서 초봄에는 산천이 노랗고 가을에는 빨간 산호주저리가 아름답기 한이 없습니다. 저도 수유 몇 그루가 있는데 일일이 바르기가 가성궂어서 새로 나왔다는 수유 까는 기계에 대해서 물어봤지요. 김형이 말하기를 그 기계는 수유가 제대로 발라지지 않고 짓뭉겨져 좋지 않대요. 사람의 이와 손보다 더 정확한 것은 세상에 없대요. 그럼 저 많은 수유를 무슨 수로 다 바르느냐고 물었더니, "그걸 뭐 꼭 다 따서 발라야 하느냐, 틈나고 손 자라는 데까지 따고 바르면 되지"라고 했습니다.

다음날 아침 동리를 지나다 보니 따지 않은 수유가 나무에 그냥 매달려 있었습니다. 과수원 하는 친구 말을 듣자니, 그걸 가꾸느라 정신없이 바쁘고, 팔아서 생긴 돈 쓰느라 또 바빠서 이래저래 일 년에 두 번 바쁘다는 말을 들었습니다. 과수원 많은 동리에는 술집도 많아요. 그래서 오랫동안 과수원 하던 친구를 몇 년 전에 만났더니 머리도 빠지고 이도 빠지고, 눈은 당달봉사가 되었습니다. 독한 농약 쓴 서글픈 후과였습니다. 치망설존齒亡舌存, 독한 짓하고 독한 것 만지는 사람 전정이 그리 좋지 않다는 걸 알게 되었습니다. 나무에 농약을 뿌리는 농부가 있고, 사람들에게 최루탄을 쏘아대는 경찰이 있으니 도농병진都農竝進이 척척 맞아 떨어지는 셈입니다.

세상에 나는 물건을 사람만이 독식해서는 안 되지요. 새와 곤충이 없이 사람만이 산다면 얼마나 삭막할까요? 그런데도 혼자 먹겠다고 야단이지요. 권력이란 것도 돈이나 농약만큼 독한 것이지요. 그걸 몇몇이서 독식하면 금방 끝장나는데도 한사코 독차지하자고 몸부림치는 꼴이 가관입니다.

스님, 각설하고 이제부터 농사짓는 이야기로 넘어갑니다. 사월은 참 신나는 달입니다. 삼월까지는 양말에 신 신고 일하는데 사월이 되면 맨발로 흙을 밟으며 일하는 것이 얼마나 신나는지 스님은 아시겠지요. 4·19는 젊은이들이 맨몸으로 조국의 운명과 맞닿은 날이고요. 우리의 어매와 아배가 맨몸으로 맞닿아서 우리를 낳아 주었으니, 몸과 흙이 맞닿는다는 것이 어찌 감격스럽지 않습니까? 거기서 생명이 잉태되고 곡식이 자라고 역사가 새로워지는 것이겠지요.

몇 해를 두고 우르고 벼르던 밭 옆 도랑을 가래질해서 쳤습니다. 한 백 년 묵은 체증이 내려간 것 같습니다.

삼사 년 전부터 집중 호우가 왔지요. 끝내 준다, 끝장내겠다고 인간들이 법석을 떠니까 하늘도 끝내 주느라 그런지 집중 호우로 도랑이 넘쳐 논밭으로 덤벼들어 곡식과 흙을 쓸어 갑니다.

수십 년 치지 않은 도랑이라 어느 곳은 좁아지고 어느 곳은 흙이 쌓여 물이 제대로 빠지지 못하니까 논밭으로 덤벼요. 도랑이 좁고 흙이 쌓여 물이 엉뚱한 데로 흘러가듯, 사람과 역사도 제대로 흐르지 못하면 엉뚱한 데로 잡아들어 이웃까지 못살게 구는가 봅니다.

도랑을 쳐서 물을 제대로 흐르게 하는 일이 마치 세상이 제대로 흐르고 인간사가 제대로 이루어지는 일에 비길 수 있는 듯합니다. 도랑물이 바다에 이르자면 많은 우여곡절이 있듯, 세상과 인간도 완성을 위해서는 숱한 고비를 넘어야겠지만 빼놓을 수 없는 것은 끊임없이 흘러야 한다는 것입니다. 그러기 위해서는 세상의 막힘과 함께 마음속의 막힘과 찌꺼기도 부단히 쳐내야 할 겁니다.

흐르지 못하고 고여 있는 물을 보면 답답합니다. 서울 갈 때마다 팔당댐을 보면서 생각했지요. 흐르는 물을 막는 건 마치 역사의 흐름을 막는 일과 흡사하구나 하고.

댐에 물문을 만든 것은 장마 때(민중 봉기) 수문을 열어 큰물을 내보내되 둑을 그대로 보존하려는 노회老獪

한 대수對水 정책에서 나온 것 같아요. 민중 봉기 때 옥문을 전부 열어 주되 감옥은 그대로 두었다가, 장마가 차츰 수그러들면 문을 하나 둘 닫아서 개과천선하고 장마끼가 없는 물만 엄격히 심사해서 밑만 조금 연 문 한 군데로 내보냅니다. 장마끼 있는 놈은 영원히 가두어 둡니다. 그런데 우리는 문이 열렸다고 안심하는데 둑이, 근본이 그냥 우뚝 솟아 있어요. 그럼 어쩌면 되겠느냐고요? 사람은 물과는 다르다는 것을 루쉰을 빌려 이야기해 보렵니다.

스님, 지난번 편지에서 구경꾼과 구경거리에 대해서 썼는데 이번에는 루쉰의 인간 파악에 대한 어떤 평론가의 글을 읽으면서 느낀 것을 스님에게 이야기해 보고 싶습니다.

계절 따라 곡식을 심고 또 가꾸듯 사람이 살아간다는 것이, 삶이란 어떤 것이지를 묻는 게 아닐까 하고 느낍니다. 인간을 어떻게 파악할 것인가 하는 것도 같고요.

"자신은 사람을 잡아먹으려 하면서 다른 사람에게

잡아먹힐까 두려워 모두들 매우 의심쩍은 눈초리로 서로 얼굴을 훔쳐본다. 그런 생각을 버리고 마음 편히 일하고 길을 걷고 밥 먹고 잠을 잘 수 있다면 얼마나 편할까?

그건 단지 문지방 하나, 작은 고비 하나 넘는 일인데. 그런데도 그들은 부자, 형제, 부부, 친구, 스승과 제자, 원수들과 서로 모르는 사람들까지 모두 한패가 되어 서로 격려하고 견제하면서 죽어도 그 한 발자국을 넘어서지 않겠단다."

이 구절은 루쉰이 1918년 4월에 쓴 그의 첫 작품인 「광인일기」의 9장 전문입니다.

이것이 단지 루쉰이 바라보았던 그 당시의 중국의 상태이고, 지금은 너나 없이 모두 극복해 버린 것이라면 얼마나 좋을까요? 불행히도 그것은 혁명을 했다는 오늘의 중국과 뛰어난 발전을 했다는 이 한반도 남쪽에서도 여전히 이어지고 있는 현상이며 넘어서야 할 과제입니다. 그러나 지금 우리는 그걸 한사코 넘어서려 하지 않는 것 같습니다.

결국 이래가지고서는 '인간의 자립'이 이루어질 수 없으며, 인간의 '연대連帶'도 이루어질 수 없습니다. 그러니 '발전'도 할 수 없을 테지요.

그럴싸한 명분 밑에서 서로 '먹고' '먹히는' 일만이 이어져서는, 자립적 인간의 '연대'가 있어야 비로소 가능한, 역사의 발전은 기대할 수 없습니다.

루쉰은 그의 잡감문雜感文「수상록 65 폭군과 신민」(1919.11.)에서 개인의 자립이 없이는 결코 민중의 연대(단결)는 생겨나지 못하고, 연대가 이루어지지 못하면 결코 사회의 발전(숙명론의 극복)이 이루어질 수 없다는 세 가지 관계를 뚜렷이 밝혔습니다. 개인의 자립(개인주의)이 집단(민족이나 계급)의 단결에 대립된다고 생각하는 사람들은 '단결과 통일'을 말할 때 대체로 개인의 자주성이 집단에 매몰되어 동화, 화합하는 것으로 여기기 쉽지요. 그런데 루쉰은 1900년 초에서 1920년대에 걸쳐 쓴 글에서 '개성의 존엄', '개인의 가치'가 '인류 존엄'의 기본이 된다고 수다스러울 만큼 거듭 썼습니다. 그가 1907년에 쓴「문화편지론文化偏至論」에서 한 서양 근대의 '새로운 인간의 원리'에 대한 깊고 본질적인 파악은 개인주의에 대한 우리의 이해가 얼마나 어설픈 것인가를 말해 줍니다. 그가 말한 '개個'란 자립한 '개인'이 되기 위한 '정신 개혁'의 과제였습니다. 오늘의 중국에서도 그 문제가 제대로 이해되지 못한 실정이랍니다. 지금 소용돌이 치고 있는 이 남쪽 땅에서 '개인주의'란 말이 어떻게 이해되고 있는지도 우리가 한 번 짚고 넘어가야 할 문제입니다. 우리가 얼마나 자립한 '개인'으로서 있는지 그러한 바탕 위에서 연대나 단결을 하고 있는지 묻고 따져야 우리의 삶이나 민중 운동, 민족의 앞날이 제대로 틀을 잡지 않을까 생각합니다.

스님, 「광인일기」에서 루쉰이 비판하는 대상은 민중입니다. 물론 가부장 제도를 대표하는 자기 형과 부자인 조귀옹도 나오지만, 비판의 대상은 주로 학대받고 억압받는 민중입니다. 루쉰이 왜 억압자가 아닌, 피억압자인 민중에게 엎친 데 덮치는 격으로 비판의 화살을 퍼부었을까 반문할 때, 그가 아직 계급 이론을 몰라서 그랬다고 말해서는 씨가 먹혀들지 않습니다.

그럼 왜 민중을 미워했을까요? 무슨 까닭으로?

루쉰은 압제자를 공격하기보다는 그러한 '식인 사회食人社會'를 만들어 내는 구조 전체를 문제 삼았으며, 특히 새로운 세상을 만들어 내야 할 피억압자 쪽의 '주체성'을 중요시한 것이라 합니다. 곧 민중이 정치의 '객체'에서 '주체'로 될 수 있느냐 없느냐를 문제로 삼았기 때문이라는 거죠.

루쉰이 「광인일기」에서 억압받는 민중의 비열하고 잔인한 점을 들춰 낸 것은 변혁의 주체가 되어야 할 민중의 정체를 밝혀야 했기 때문인 것이고, 그것이 곧 루쉰 문학의 핵심인 '국민성의 개조'와 이어지는 것이라 여겨집니다. 그가 허광평에게 쓴 편지에서 "그러므로 이제부터 가장 긴요한 건 국민성을 개혁하는 일입니다. 그것을 못한다면 전제 정치건 공화 정치건, 그 무엇이 되건 아무리 간판이 바뀌더라도 물건이 같아서는 아무 소용도 없습니다"고 한 것도 인간이 어떠해야 하느냐 하는 일관된 문제의식을 보여줍니다.

그럼 민중이 진짜로 변혁의 '주체'가 되자면 무엇이

필요한가 하고 물을 때 루쉰은 아마 다음과 같이 말할 것 같군요. "민중이 피해자 의식에 머물러 있는 동안은 가망이 없다. 민중을 단순한 피해자로 쳐 버리면 민중을 언제까지나 역사의 객체로 삼는 것이며, 그래서는 그들이 결코 역사 변혁의 주체가 되지 못한다. 피해자 의식은 사실은 무의식 속의 가해욕과 같은 것이고, 민중이 피해 의식에만 사로잡혀서는 역사는 되풀이될 수밖에 없다"고.

스님, 좀 수다스러운 말 같지만 루쉰은 그래서는 안 되겠다고 생각해서 "국민 개개인이 자기 자신을 가져야 한다"는 데 중국의 미래에 대한 희망을 걸었던 것이라더군요. 루쉰의 민중 비판은 바로 혁명의 근본 문제인 '회심回心'을 그가 꿰뚫어 본 것이라 여겨집니다.

그래서 가장 뒤떨어지고 약한 아Q에게 초점을 맞추어 그가 '변신'하는 길을 절망 속에서 탐구해 보려고 한 것이 아닐까요? 운동이나 사상이 민중의 소박한 심정, 그래서 보수적이고 뒤떨어진 민족 감정, 서민 감정을 위에서 재단해서 끊어 버리고, 그들의 '저항과 고집'을 알

아차리지 못할 때 내팽개쳐진 민중은 더욱 보수화하는 수밖에 없다고 합니다.

루쉰은 새로운 사상을 통찰했지만 자신은 '새로운' 쪽에 서지 않고, '낡은' 쪽에 머물면서 아Q를 가혹하리만큼 비판하면서도, 높은 곳에서 내려다보고 재단하지는 않았지요. 민족, 곧 자신의 가장 뒤떨어진 부분에 대한 고집, 그것이 루쉰의 '저항'이라고 생각돼요.

스님, 한 번에 다 쓸 수는 없어요. 몇 번에 걸쳐 쓸게요. 마지막으로 한 마디만 꼭 덧붙입니다.

인간은 다 같다는 '사상'을 바탕에 깐 민주주의에서, 인간은 다양하다는 '사상'에 기초를 둔, 다양한 '개個'가 힘을 합쳐 이루는 민주주의도 있을 수 있다는 것을 루쉰을 읽으면서 느낄 수 있습니다.

안녕히 계십시오.

1990. 5. 5.

실패를 거울삼고

현기 스님께.

유월에는 새벽 새떼 소리가 네 시쯤 되면 납니다.

홰치며 새벽을 알리는 닭 울음소리가 농가에서 사라진 지는 오래되었습니다. 그 대신 읍에서 작은 화물차를 몰고 온 달걀 장수가 유행가와 마이크로 한판 외쳐 대며 팔고 갑니다. 암탉을 거느린 우람한 장닭이 마당에서 목을 가지껏 빼고 날개 치며 우는 힘찬 울음소리가 사라진 것이 정말 아쉽습니다. 그것이 농가 마당의 상징이었는데요. 닭은 없어졌는데 달걀은 더 많이 먹게 된 얄궂은 농촌이 되었습니다. 마치 밀밭이 흔적도 없는데 온 나라에 밀가루 음식이 판을 치는 것과 맥이 통하는 것 같아 씁쓸합니다.

어쩌다 양계장에 가 본 다음부터는 달걀과 닭고기를 못 먹게 되었습니다. 사람들이 감옥을 만들어 사람을 가두는 것만으로 양이 차지 않은지 잔인한 방법으로 짐승들까지 가둡니다. 양계장은 연립식 소형 독감방으로 닭을 꼼짝달싹 못하게 만들어 놓고 전등을 켜서 스물네 시간 잠도 못 자며 먹게 해야 수지타산이 맞는다고 합니다. 그 잔인한 결과로 낳은 달걀과 고기를 보신이 된다고 사람들은 먹고 있습니다

사람이 사람들만 괴롭히는 게 아니라 눈에 띄는 온갖 짐승들까지 괴롭히니 '만물지중 유인최귀萬物之中 唯人最貴'가 아니라 최악最惡으로 고쳐야 할 것 같습니다. 짐승들뿐입니까? 바다를 메워 동리를 물에 잠기게 하고, 산까지 깎아 먹고 있습니다. 환락의 불야성不夜城을 쌓고, 쉽게 편리하게 살아보겠다고요. 편리하게 잘살기 위해서 얼마나 많은 것들이 떼죽음을 당하고 있는지도

모르면서, 그러한 어처구니없는 생억지로 이루어진 편리하고 손쉬운 삶의 결과가 수많은 병원과 형무소를 가득 메우게 하고, 산성비까지 오게 하는데도 그 대책이 겨우 우산을 쓰라는 라디오 방송입니다. 이 정도로 소견머리가 없으니까 그러한 못된 짓을 서슴없이 저지를 수 있는가 봅니다.

스님, 봄부터 지금까지 지은 농사 이야길 통틀어 전해 드립니다.

해동이 되자마자 땅을 갈아 도라지를 뿌렸습니다. 땅 얘기가 나온 김에 땅이 얼마나 다양한 것인지를 제가 아는 대로 말씀드리겠습니다. 모래땅, 복새기땅에서 성질이 정반대되는 찌질땅과, 진흙땅 사이에는 수많은 성질의 땅이 있고요, 힘없는(철분이 흘러 버려) 해삭은 땅에서, 철분이 많아 붉은 색깔을 띤 힘 있는 땅, 살이 깊은 땅, 얕은 땅, 모래와 진흙의 배합 배율이 좋아 물 빠짐이 잘 되는 땅, 잘 안 되는 땅이 있고요, 또 산성 땅과 알카리성 땅도 있습니다.

산성 땅에서는 명아주 잎이 붉게 되고 알카리성 땅에서는 그 잎이 푸른색을 띠는데, 산성 땅에 재를 듬뿍 주면 붉은 명아주 잎이 파랗게 변합니다. 이처럼 땅이란 아주 다양합니다. 거기에 자갈과 돌, 바위까지 안고 있으며, 기후와 어울려 식물을 키워 내고 있습니다.

저의 집터에서는 모과나무가 잘 안 되는데, 삼사백 미터 떨어진 웃마을에서는 모과가 주렁주렁 달려요. 모과가 안 된다고 나쁜 땅은 아니지요. 다양한 풍토를 한 가지 잣대로 평가한다는 것은 말이 안 되지요.

도라지는 살이 깊고 물 빠짐이 잘 되는 땅에 심습니다. 그래야 뿌리가 썩지 않습니다. 또 도라지는 오 년 이상 자랄 수 있는 중기성中期性 식물입니다. 올해는 작년의 실패를 거울삼고 이웃의 가르침도 받아 씨 뿌린 골을 꼭꼭 밟았습니다. 앞으로 밟아 나가니 골에 신발 뒤축 자국이 나고 그리로 뿌린 씨가 몰려 찜찜했는데, 지나가던 이웃 친구가 뒷걸음질하면 자국이 나지 않아 평평하게 된다고 가르쳐 주었습니다. 당장 그렇게 해보았더니 과연 골이 평평해져서 씨가 몰리지 않게 뿌릴 수 있었습니다. 배움이란 끝이 없구나 실감했습니다. 그런데 배울 학學 자를 써 보면 모양이 잘 안 돼요. 배움이 부족한 게 드러나는 것 같습니다. 배움이란 평생 이어져야 한다는 뜻으로 받아들입니다.

다음으로 고추, 깨, 들깨, 흰콩, 검정콩, 양대, 줄양대, 강냉이, 우엉, 수수와 황기를 심었습니다. 작년 가을에 땅 깊이 묻어 두었던 호두도 심고 모과 씨도 뿌렸더니 싹이 텄어요. 호두는 처음 심어 봤습니다. 사월에 종로 5가에서 마로니에도 서너 포기 사다 심었고, 비좁아진 산수유와 느티나무를 넓은 곳에 바로 심기도 했습니다.

곡식도 단곳은 솎아 주고, 콩도 아이(처음)와 두벌은 북을 주고, 세 번째는 북을 주는 동시에 뿌리를 자르는 일까지 겸해 합니다. 곡식이 자라는 데는 나름대로 공간이 필요합니다. 그걸 무시하고 욕심을 부리면 키만 크고 약하게 자라서 열매가 달리지 않을 뿐만 아니라 쉬 쓰러져 버립니다. 그래서 솎아 내고 순도 자릅니다. 계속 자라게 하려면 이제까지 박고 있던 뿌리의 일부를 잘라내야 합니다. 제가 짓는 농사 가운데서 좀 놀라운 것은 율무입니다. 이놈은 아주 세력이 대단해서 자랐을 때는 발로 차도 넘어가지 않습니다. 그런데 한 일 미터쯤 자랐을 때 비가 오고 바람이 불면 한꺼번에 쓰러졌다가도 비가 개면 멀쩡하게 일어서요. 쓰러졌다 일어서는 곡식은 제가 알기로는 율무 한 가지뿐입니다.

호박도 한 구덩이 크게 파서 심었습니다. 아침 일찍부터 노랗게 피는 호박꽃과 저녁 무렵에 하얗게 피는 고지(박)꽃은 색깔뿐만 아니라 느낌도 아주 대조됩니다. 겨울의 눈꽃을 합치면 식물은 일 년 내내 갖가지 꽃을 피워 내는 셈입니다. 사람도 이렇게 일 년 내내 꽃피우며 살라고 그런 것 같습니다. 꽤나 여러 가지 심었는데 그 꽃들이 곡식과 어울리는 데서 여러 가지 기쁨과 교훈을 얻어 삶을 더 다양하고 풍성하게 했으면 얼마나 좋을까 싶습니다.

결국 중·장·단기의 도라지와 황기, 호두, 수유, 느티나무, 콩, 율무 따위의 식물을 심고 가꾸는 셈입니다. 저의 인생도 당장에 매달려 쩔쩔 매지 말고 몇 년 뒤의 일과 먼 훗날의 일까지 함께하는 삶이 되어야 할 텐데, 그게 제대로 되지 않아 언제나 뒤죽박죽입니다.

스님, 농사를 짓기 위해서는 논과 밭으로, 곧 곡식이 자라고 있는 곳으로 가야 합니다. 방에 앉아서는 못 짓습니다. 가서 땅과 곡식과 비벼 대면서 그들의 생리를 알고 그 생리에 알맞게 거들어 줍니다. 억지로 끌고 가면 농사는 잡치게 되지요.

스님, 지난번 편지에 가래질을 해서 도랑을 쳤다고 말씀드렸지요. 일상적인 작은 일은 삽과 호미질로 끝맺을 수 있습니다만, 현대식 장비(중장비)가 들어오기 전까지는 물론 지금까지도 가래질은 큰 규모의 집단 노동이라고 할 수 있습니다.

가래는 큰 삽이라고 생각하면 되지요. 자루도 더 길고 보습도 더 큽니다. 보습 위쪽에 줄을 매어 양쪽에서 당길 수 있게 되어 있고, 자루는 길어서 멀리까지 던질 수 있지요. 이 자루를 장부라고도 합니다. 그래 한 사람의 장부꾼과 두 사람의 줄꾼이 흙을 파서 목적지로 던지는 겁니다. 이 때 세 사람의 마음과 호흡이 맞아야 흙을 제대로 파 목적지에 정확히 던질 수 있습니다. 줄꾼들이 너무 빨리 줄을 당기면 장부꾼이 미처 보습을 땅에 박을 틈이 없고, 줄꾼 하나가 더 힘을 쓰거나 욕심을 부리면 흙이 그 사람 쪽으로 갑니다. 세 사람이 한 짝이 된 가래질로 해내는 일의 분량은 혼자서 열흘 걸리는 일을 거뜬히 해치웁니다. 일을 하면서 알맞게 손을 바꾸어 줄꾼이 장부꾼이 되고 장부꾼이 줄꾼이 됩니다. 그래서 줄꾼의 심정을 장부꾼이 알고 장부꾼의 사정을 줄꾼이 압니다. 홀아비 사정 과부가 알고 스님들이 신부님들의 사정을 알듯이 말입니다. 그래서 일이 척척 잘 되는 것 같아요. 더불어 행하는 일들이 이렇게 되면 티격태격 싸움질도 없을 것 아닐까요?

따지고 보면 아무리 어렵고 복잡한 일도 그 원리는 단순한 것 아닙니까? 괜히 사람들이 복잡하게 만들어 혼란과 법석을 떨어 줄꾼질 안 하려 들고, 장부채 잡으면 끝까지 놓지 않겠다고 소란을 피우는 것 같이 느껴질 때가 있습니다.

스님, 올 봄에 도라지 캐면서 확인하고 깨달은 사실인데요, 우리나라의 추위가 대체로 땅을 한두 자 정도 얼게 한다지요. 쥐새끼도 그 정도까지 굴을 재고요. 땅은 얼었다 녹으면서 움직이니까 언다는 것이 땅을 갈아주는 역할을 한다고도 합니다. 두 자가 어니까 길어도 한 자가 안 되는 도라지는 완전히 얼게 되는데 봄이 되면 다시 살아납니다. 하지만 땅 밖에서 언 놈은 녹으면서 썩어 버려요. 그래서 사람의 삶이나 죽음도 역사 속에서 이루어질 때와 역사나 민족을 떠나거나 거슬렀을 때 어떠한 결과를 낳게 되는지 스님께 한번 물어 보고 싶습니다.

또 한 가지, 요즘 어떤 주장이나 학설을 내세우면서 옆 사람을 겁주고 우쭐대는 일을 때때로 봅니다. 역사적으로도 빙공영사憑公營私의 방편으로 자기 의견과 다른 것을 모조리 사문난적斯文亂賊으로 몰아 왔으며, 지금도 그렇게 하고 있는 게 아닌지요? 잘못된 전통이 잡초씨만큼 끈질긴 것을 느낍니다. 그런데 그러한 것은 다 가짜 같아요. 그들은 누가 더 정확한 반사체인가를 다투고 있는 것처럼 느껴져요. 소화가 제대로 안 되면 먹은 것이 그대로 나옵니다. 먹은 것이 그대로 나오는 것이 정확한 반사체와 비슷한데, 그것이 병인지 모르고 자랑하고 있는 것이나 다름없지요. 사람이란 처음에야 딴 사람의 영향을 받게 마련이라 하더라도 좀 지나면 씹고 걸러 자신의 것으로 만들어야 할 것 같은데요.

반사체는 아무리 커 봤자 생명이 없고 열이 없는 것 아닙니까? 우린 비록 작고 작을지라도 발광체가 되어야 할 것 같습니다. 어디 갑자기 부닥치면 불이 번쩍 나는 걸 보면 확실히 빛이 우리 속에 있어요. 나름대로 빛과 열을 내어 세상을 덥히고 밝히는 발광체가 되어, 서로 어울려 세상도 밝히고 스스로와 세상 안에 있는 몹쓸 것들을 녹여 버렸으면 싶습니다.

매다 남은 율무밭과 콩밭 아이(처음) 돌림을 하러 밭으로 갑니더.

스님, 또 언제 한번 불쑥 나타나이소.

안녕히 계십시오.

1990. 6. 7.

뿌리 없는 것이 뿌리박은 것을 이긴다

현기 스님께,

삼십육 도니 삼십오 도니 하는 것은 백엽상자 안의 온도지요. 땅바닥은 육칠십 도가 너끈히 되어 맨발은 도저히 붙이지 못합니다. 그런데도 작년에 간 도라지밭에는 흰빛과 보랏빛 도라지꽃이 삼복더위를 온몸으로 받으면서 청초하게 피어나고 있고요, 미리 핀 꽃은 씨를 가득 안은 씨통을 통통하게 매달고 있습니다.

연꽃은 화려한 편이고 밝은 데가 있어 볼 만하지만, 목련은 꽃이 너무 많이 덕지덕지 피어서 욕심 많은 사람들의 추한 몰골 보는 것 같아 왠지 싫으네요. 그 목련을 심은 사람들의 심정이 어떠한지 생각해 볼 때가 있습니다.

거기 비하면 도라지꽃과 산골 길가에 한두 포기 외롭게 핀 패랭이꽃은 담백해서 정이 갑니다. 스님께서도 담백한 편이니 도라지꽃, 패랭이꽃 같아요. 스님 혹시 도리지꽃 띠 아닙니까?

올 봄에 간 도라지도 듬성듬성 꽃이 피기 시작했습니다. 그런데 밭에는 꽃만 피는 게 아니고 풀도 나서 자랍니다. 도라지보다 더 빨리 크고 억세게 자랍니다. 풀이 나는 곳은 씨가 제대로 트지 못한 빈 곳입니다. 씨가 잘 붙은 곳에는 풀이 돋아나지 못합니다. 어쩌다 한두 포기 나봤자 힘없고 약한 놈인데, 빈 곳에서는 풀이 활개를 치고 주인 행세를 하면서 마구 자랍니다. 틈만 있으면 그 틈만큼 풀이 자라 도라지의 성장을 가로막습니다.

꽃피어 아름다운 도라지밭에 풀과 함께 올해는 새삼이 엉키기 시작했습니다. 몇 년 전에는 구기자에 씻개풀(이곳에서는 며느리밑씻개라 하는데 잎과 줄기가 꺼끌꺼끌

해서 훑치면 피가 나올 정도로 억세고 무성하게 자라는 잡초)이 덮여 햇빛을 완전히 가리니 구기자가 하나도 달리지 못하고 줄기만 간신히 살아남아 있습니다.

식물계에도 서로 상극되는 것들이 있어서 엉켜 다투는 것이 있고, 강냉이와 줄양대처럼 함께 자라는 것이 있기도 해요. 포도와 뽕나무도 공생한다고 들었습니다.

새삼이란 식물은 콩에 많이 엉키는데 그게 엉키면 콩이 말라 죽습니다. 새삼은 아주 징그러워서 뿌리도 잎도 없는 기생 식물입니다. 줄기와 가지는 분간할 수 없으나 철사같이 생겨 황갈색을 띠고 있습니다. 가는 부분은 흰색입니다. 이놈은 여름에 꽃 주저리를 가지 위에 피우는데 씨가 땅에 떨어졌다 봄에 싹터서 기주 식물을 감고 오르지요. 감은 곳에 흡판 같은 눈에 띄지 않는 백죄를 내려 양분을 빨아먹기 시작하면 감긴 식물은 말라 죽습니다.

이놈은 발 없는 말이 천리를 가듯, 뿌리와 잎이 없기 때문에 날개가 달린 듯이 이 식물 저 식물로 옮아갑니다. 딴 식물이 뿌리 내리고 잎 피울 시간을 자기가 뺀어

가는 데 송두리째 쓸 수 있습니다. 그리하여 뿌리 없는 놈이 뿌리박은 놈의 양분을 빨아먹고 마침내는 말라 죽입니다. 뿌리 없다고 얕잡아 보다 큰일 납니다.

이놈이 올해는 이른 봄부터 도라지밭 여기저기에 보이기 시작했습니다. 그래 도라지 농사 오래 지은 이웃에게 물어 봤어요. 어떻게 하면 되냐고. 기다렸다 도라지가 좀 자라거든 새삼이 엉킨 데를 도라지와 함께 베어 내는 것과, 새삼이 엉킨 도라지를 뽑아버리는 두 가지 방법이 있었습니다. 그래 도라지가 좀 자라도록 기다렸더니 새삼도 꽤 번져 많이 엉킨 곳은 손톱으로 죄다 잘라 내었습니다. 그런데도 며칠 지난 다음 보면 또 엉키고 뻗기 시작해요. 그래 이삼일에 한 번씩 가서 보이는 족족 잘라 내었으나 어디 숨었다 나오는지 아직 안심할 수 없습니다.

새삼을 없애는 가장 좋은 방법은 도라지를 갈 밭에 이른 봄 짚을 깔고 불을 지르는 것이라 합니다. 불을 지르면 새삼씨는 물론 딴 잡초씨도 불에 타 버립니다. 이것이 화경火耕이지요. 산전山田을 일굴 때 산에 불을 놓는데 산전을 화전火田이라고도 하는 원뜻은 불을 지르는 데 있는 것 같습니다. 논에 잔풀이 많이 났을 때 물을 가득 채워 물로 풀을 죽게도 하지요. 이걸 수경水耕이라 한답니다.

이런 걸 보면 농사에서도 상황에 따라 후치질도 하고 불도 지르고 수공水攻 작전도 쓰는 걸 알 수 있습니다. 이른 봄에 논두렁 밭두렁 태우고, 논 맨 다음 물을 가득 싣는 것은 화경이고 수경이지요. 그렇지 못했을 땐 새삼이 보이면 보이는 족족 잘라 내는 수밖에 없는 것 같습니다. 그렇게 번지는 걸 도라지가 클 때까지 기다려서는 안 될 것 같아요. 내년에는 꼭 그렇게 하겠습니다.

스님, 세상에서도 뿌리 없는 것이 뿌리박은 걸 잡아먹습니까? 외세라는 건 뿌리가 있나요 없나요? 기주寄主 노릇하는 건 어떤 뿌리를 가지고 있습니까? 식물계와 인간 사회는 좀 다르겠지요.

도라지밭에 엉키는 새삼은 첫해 심은 밭에만 납니다. 묵어서 튼튼한 밭에는 얼씬도 안 해요. 약한 놈한테

덤비고 강한 놈 옆에는 가지도 않는 것 같아요. 그놈이 뿌리도 잎도 없으면서 사람 눈에 띄지 않는 징그러운 눈을 가지고 있는가 봅니다. 인간도 비슷한 데가 있는 것 같아 씁쓸합니다.

천부국권 국부인권 天賦國權 國賦人權

스님, 의료보험료를 내라고 끈덕지게 고지서가 오더니 한 번은 직원들이 우르르 몰려왔습니다. 그 중에서 좀 높아 보이는—가장 비인간적인—사람이 보험료를 내지 않으면 국민이 아니라면서, 전화를 압류하라고 부하들한테 명령을 합니다. 그렇게 하랬더니 그냥 갔습니다. 스님도 알다시피 난 이 세상에 가진 것이라고 책 몇 권뿐입니다. 전화도 아들 놈의 것입니다.

그들이 떠난 뒤 밭을 매면서 국민이란 과연 무엇인가, 내가 이 나라의 국민인가 생각해 봤지요.

병이나 아픔에 대해서는 나름대로의 경험과 평가를 하고 있습니다. 의료보험 통지서가 나오기 시작했을 때부터 생각했지요. 보험료의 산출 근거도 문제지만, 아프다는 게 과연 나쁜가, 왜 아픈가, 아프면 꼭 병원에 가야 하는가, 의료보험을 의무적으로 들어야 한다면 병정 살이를 무슨 병과에서 몇 년씩 의무적으로 하듯 평생에 무슨 병을 몇 차례나 며칠씩 의무적으로 앓아야 하는지, 그것부터 가르쳐 주고 보험료를 내라고 해야지, 이건 숫제 솥뚜껑으로 자라 잡는 식입니다. 높은 데 앉아서 일방적으로 계산한 보험료를 무턱대고 내라니 정말 국가의 힘이 막강하구나 싶기도 하고, 무식한 노릇을 당하는 것 같기도 합니다. 평생에 며칠씩 아프라면 그건 할 수 있습니다. 하지만 나는 국민이 되지 못할망정 병원에는 가지 않을 겁니다. 피서를 가지 않고 더위를 견디듯 민간요법으로 병을 견딜 작정입니다. 지금까지처럼.

그런데도 국민이란 말이 마음에 걸려 난생 처음으로 1987년 국민투표 공보용 헌법개정안이란 책을 들추어 보았습니다.

총강總綱 제1조 1항에 대한민국은 민주공화국이고, 2항에 나라의 주권은 국민에게 있으며 모든 권력은 국민으로부터 나온다고 되어 있어요.

그런데 실지로 의료보험조합 직원조차 국민 위에 군림해서 국민에 대한 가부의 판단을 내리는 폭군의 신민이 되어 있습니다. 최근 부산시 동래 지역 의료보험조합이 보험료를 체납했다고 국민의 석발기에 압류 딱지를 붙이고, 냉장고와 피아노, 텔레비전, 전기오븐을 압류한 사실이 신문에 보도된 바 있습니다. 그보다 훨씬 전에는 농촌에서 압류 소송이 벌어진 기사가 있었습니다.

이렇게 되면 헌법이 보장한 '천부인권 인부국권天賦人權 人賦國權'은 간판에 지나지 않고 실지는 그 반대인 '천부국권 국부인권天賦國權 國賦人權'이 아닐까요? 헌법이라는 양 머리 걸어 놓고 개고기 파는 얄팍한 장사치와 다를 게 없구나 싶습니다. 그런데 때때로 벌어지는 일이지만 정부미가 일반미로 둔갑하는 걸 보면 정부보다는 국민들이 한수 위라는 생각이 듭니다.

그 독한 권력이란 것이 국민에 기반을 두지 않았을 때 그 결과는 뻔합니다. 이론이나 교리 또는 그 무슨 운동도 마찬가진데요, 거기 취하면 처음에는 사람이 보이지 않고 좀 더 걸치면 세상이 보이지 않아 결국 끝장이 난다지요. 그 결과 개인이나 집단이 무너지는 게 역사의 교훈 같은데, 일반미 찾는 사람들의 소원은 정부의 높은 자리이니 영문을 알 수 없습니다.

어떤 사람이 취직한 다음 착실하게 일한 결과 과장, 부장, 사장, 회장이 된 다음 하나 더 올라가니 송장이 되더라는 이야기를 들었습니다.

높아 봤자 열 자쯤 되는 다리에 올라 그곳 벽에 옆으로 글씨를 쓴 사람의 이야기가 『감옥으로부터의 사색』에 실려 있습니다. 줄이 바른지 삐뚠지를 쓰는 사람은 알지 못하고 땅 위에 있는 사람들에게 물어봐야 안다는 체험담이었습니다.

두려움에도 한계점이 있다고 건축하는 분한테서 들은 적이 있습니다. 삼층까지는 내려다보면 두려운데 더 올라가면 두려움을 모른대요. 아마 삼층까지 땅 냄새가 올라가는 모양입니다. 그것을 벗어나면 공포증이 사라지나 봅니다.

까마득히 높은 사람들, 그 무슨 자리깨나 앉아 있는 사람들, 자기가 하는 일이 바른지 삐뚠지도 모를 뿐만 아니라 두려움마저 없으니, 무슨 짓인들 못하겠습니까? 백두산, 한라산도 그 높이의 기준점을 하늘의 별이 아닌 바다의 수평으로 정한 옛사람의 뜻을 헤아려 부단히 원점으로 회귀하는 겸허한 자세가 필요할 것 같습니다. 병에 대해서는 다음 기회가 있으면 쓰겠습니다.

밭곡식이 타들어 갑니다. 곡식을 우습게 여긴 사람들에 대한 꾸지람 같기도 합니다. 그곳 춘천은 어떤가요?

스님, 안녕히 계십시오.

1990. 8. 8.

삶이란 아픔이다

현기 스님,

그 사이 별고 없으시며 일은 좀 진척이 되었나요?

저는 첫차 타려고 기다리는 동안 그곳에서 많이 가꾸는 오이와 딸기 농사에 대해서 농민들에게 이것저것 물어 본 다음 춘천 와서 상봉동 가는 차 타고 서울 다녀 집에 왔습니다.

경춘 가도를 지나면서 이런 생각을 했어요. 댐(의암댐) 자체가 수많은 문제를 안고 있는데, 그곳은 도시 근교인 탓으로 자리가 좀 반반한 곳에 소위 위락 시설이라는 것이 독버섯처럼 생겨나서 세상을 병들게 하는구나 싶었습니다. 하천은 나라의 동맥인데 그걸 막아 제대로 흐르지 못하게 하니 검버섯이 피어나게 마련이지요. 한 치의 에누리도 없는 자연의 냉혹한 법칙이 여기에도 관철되고 있구나 싶었습니다. 이건 쓸데없는 걱정을 팔자로 타고 난 저의 못난 습성 탓이겠지요. 어쨌거나 그건 잘사는 표시, 자랑스러운 현상이겠지요. 마침 승가회에서 본 책에 이런 글이 있었어요. “인간이 집단적으로 진실로부터 뒷걸음질 치면, 진실은 사방에서 더욱 가까이 인간을 포위해 들어온다.” 이 말이 우리한테만은 해당되지 않기를 간절히 바라지만, 어쩐지 그렇게 걷잡을 수 없이 몰려가고 있는 것 같습니다.

하기야 나라에서 댐을 막는 것은 물만 썩게 하는 것이 아니겠지요. 그래서 솔직하게 다목적 댐이라고 실토했지요. 그러자 충직한 백성들이 위락 시설을 만들어 맞장구를 쳐서 집단적으로 세상을 병들게 하니 궁합이 척척 맞아 떨어집니다.

일제 때 뚝섬 가는 전동차에는 파리가 굉장히 많았

습니다. 이야긴즉 파리를 열 섬 수입해서 팔도강산에 골고루 나누어 준 다음 한 섬은 뚝섬에 보관하고 있다는 거였어요. 위락 시설이 번지는 것을 보면서 팔도강산에 골고루 나누어 주었다는 파리 생각이 나네요.

스님이나 제가 그 위락 시설을 뻔질나게 드나들 수 있어야 자랑스러운 시민이 될 텐데, 못나서 그걸 하지 못하니 배가 아파서 삐딱하게 괜히 고상한 척, 천하의 걱정을 혼자 아는 척한다는 게 아마 진실에 가깝겠지요.

도시로 읍으로 떠나는 이웃들을 보면서 이런 생각을 합니다. 떠나는 그들이 미안해하면서 자식들 교육시키자니 할 수 없다고 합니다. 곧 지리地利를 찾아가는 거지요. 저의 생각은 좀 다릅니다. 산에는 나무 심고 밭에는 잡곡 심고 논에는 벼 심는 것이 농사꾼의 지리地利가 되어야 합니다. 천시天時는 봄에 씨 뿌리고 여름에 가꾸고 가을에 거두며 겨울에는 한가롭게 지내면서 지은 농사를 평가하고 내년 농사 계획도 세웁니다. 땅과 함께 숨쉬는 것이 자연의 리듬에 맞추는 것이라고 여깁니다.

이번에 서울에서 우이牛耳 선생님 만난 김에 도시 집중 현상은 우리 민족성의 표현입니까 하고 물어 봤지요. 저로서는 꽤 오래 마음속에 끼고 있던 심각한 질문이었는데, 선생님께서는 자본주의 현상이 아니겠느냐고 간단하게 말씀했어요. 그래 또 물었지요. 자본주의도 한 민족의 민족성이란 프리즘을 통해 굴절되어 나타나는 게 아니겠습니까 하고. 선생님은 그냥 웃으시기만 했어요.

저는 이렇게 생각해요. 도시로 가는 것이 확실히 이로운 점이 있지만 그에 못지 않은 많은 문제를 일으키고 있으며, 결과는 농촌 문제가 곧 도시 문제라는 것을 보여 주고 있다는 거지요. 농촌 문제가 해결되어야 도시 문제도 해결될 것 같습니다.

근본은 사람이고 그 사람들이 모여서 문제를 풀라고, 옛사람들이 인화人和가 제일이고 지리地利와 천시天時는 그 다음이라고 말했는데, 뒤질세라 너도나도 차를 사다 보니 차가 길을 막아 이번에는 혜화동에서 안국동 가는 데 삼사십 분 걸렸어요. 이것이 바로 발전이고 잘 사는 징표라면 할 말이 없습니다.

가뭄에 논귀사리 작은 웅덩이에 올챙이 모인 꼴과 흡사하다고 여겨요.

스님, 지난번 편지에 기회가 있으면 아픔에 대한 저의 소견을 말씀드리기로 했으니 어설픈 이야기 좀 해 볼게요. 지난 음력 칠월 초순에 파를 심었습니다. 장에 가서 오백 원짜리 두 단 사다가 한 사흘 땡볕 드는 마당에 널어 곯게 한 다음 뿌리를 자르고 심었습니다. 딴 곡식이나 나무는 삼십칠팔 도 되는 햇빛에 단 오 분만 쪼여도 영결종천인데 더욱이 뿌리를 싹 자르고 심어야 크게 자라는 파는 신비로운 식물입니다. 또 파는 나무가 얼어 죽는 소문난 추위에도 끄떡없이 삽니다. 그 파가 가게에서 파는 뿌리담이 흰 대파입니다. 모르긴 하지만 땡볕과, 뿌리가 잘리면서 말할 수 없는 괴로움과 아픔을 참고 견딘 뒤 그 아픔을 끝끝내 가슴에 새기면서 큼지막하게 자란 것 같이 느껴집니다. 파 뿌리를 자르면서 『산해경山海經』에 나오는 형천形天을 문득 생각합니다. 형천이 목이 잘리자 젖으로 눈을 삼고 배꼽으로 입을 삼아

도끼와 방패를 들고 싸우듯이, 목이 잘렸다고 좌절하지 않고 끈덕지게 싸우는 모습이 어쩌면 파와 서로 통하는 점이 있는 것처럼 느껴집니다.

큰 것이 다 좋은 건 아니지만 참된 뜻의 큼을 위해서는 지금까지 달고 있던 뿌리를 잘라 버려야 한다는 교훈 같기도 해요. 뿌리는 근본인데 사람이 바뀌자면 역시 근본이 바뀌지 않고서는 새로운 사람이 탄생할 수 없고, 새로운 사람들의 집단적인 탄생 없이는 세상이 바뀌지 않을 것 같습니다. 제도나 이데올로기가 사람을 바꾸는 게 아니라 사람이 바뀐 토대 위에서 제도가 새로워지는 것이 진짜 발전이지요. 사람은 그대로인데 제도만 바뀌어서야 페인트칠 색깔만 바뀐 가짜가 아닐까요?

그럴싸한 이론을 줄줄 외우고, 민중, 민중 하는 사람들의 행동이나 삶이 말과는 너무나 동떨어진 것을 때때로 봅니다.

그것이 저의 자화상 같아 더욱 씁쓸해요. 삶에 합당한 말, 스스로 실천하는 사람들은 몸과 생활로 살아갈 뿐, 입으로만 떠드는 사람들이야 무슨 소리인들 못하겠습니까? 그래서 우리 속담에 말로 제사를 지내면 온 동리가 먹고 남는다고, 옛날부터 말은 그다지 믿지 않은 것 같아요.

스님, 아픔에 대해서『감옥으로부터의 사색』에 다음과 같이 씌어 있습니다.

"손가락이 베이면 그 통증으로 다친 손가락이 각성되고 보존되는 그 아픔의 참뜻을 모르지 않으면서, 성급한 충동보다는, 한 번의 용맹보다는, 결과로서 수용되는 지혜보다는 면면한 기도企圖가, 매일매일의 약속이, 과정에 널린 우직한 아픔이 우리의 깊은 내면을, 우리의 높은 정신을 이룩하는 것임을 모르지 않으면서도, 스스로 충동에 능하고 우연에 승乘하고 아픔에 겨워하며 매냥 매듭 고운 손, 수월한 안거安居에 연연한 채 한 마리 미운 오리 새끼로 자신을 한정해 오지나 않았는지……."

이 글은 우리가 어떻게 아파야 하나를 일깨워 주었다고 봅니다. 우리는 너무나 아프지 않으려고 피하다가 아픔의 늪에서 빠져나오지 못하고 맙니다. 근본을 위해

아파하고 그 아픔을 이겨 내면 시시껄렁한 아픔은 사라질 것인데 그걸 못하고 있는 겁니다. 우리 속담에 "염통에 쉬쓰는(구더기 생기는) 줄 모르고 손톱 밑에 가시 든 줄은 안다"는 게 있지요. 지금도 우리는 이 경지를 벗어나지 못한 것 같습니다.

아까 이야기한 파는 뿌리가, 형천形天은 목이 잘렸는데도 다시 꿋꿋하게 일어나는데, 우리는 허리를 잘린 지가 어언 사십오 년이 되어서야 유일하게 임수경이가 그걸 이어 보겠다고 몸소 실천했고 문신부님이 그와 동행했습니다. 스님들도 거기에 동참했더라면 얼마나 좋았겠습니까?

스님, 아픔 가운데서도 분단의 아픔이 가장 큰 아픔인데, 우리가 얼마나 분단의 아픔을 몸소 아파했습니까? 감기만 좀 들어도 배만 좀 아파도 약방을 찾으면서 민족의 통양痛痒에 대해서 고뇌하고 분노하고 호소하고 뜻과 힘을 모아 보려고 얼마나 힘써 봤습니까? 수월한 안거安居에 연연해서 타성에 빠져들수록 조국의 운명은 점점 옥죄어 들기만 하는 게 아닐까요?

정신과 육체의 수많은 병이 나돌고 사람들은 약으로 수술로 병을 다스리려 드는데 말도 안 돼요. 병은 크게는 세상에서 작게는 생활(삶)에서 옵니다만 세상과 각자의 삶을 고치려 들지 않고 병만 고치려 하는 것 같아요.

스님, 참된 아픔이란 정말 소중한 것 같습니다. 우리 어머님들의 뼈 빠지는 아픔이 없었더라면 저희들은 태어나지도 못했지요. 지금의 갖가지 자질구레한 아픔들은 우리가 참된 아픔을 회피한 데서 온 것일 테지요. 수월하게 살아보자고 아픔을 피하는 동안 아픔이 홀로 커서 감당하기 힘들게 된 거죠. 앓아서 아픔을 없애고, 새로운 삶과 세상까지도 앓아서 탄생시키는 길밖에 없을 듯합니다.

끝으로 지난 8월 24일자 한겨레신문 기사를 인용해 봅니다.

'국방비 증액'된다는데 농산물은 개방, 바다 오염 사고가 작년보다 69% 늘어났다. 경찰이 총기를 남용해서 달아나는 피의자 등을 쏘았다, 강원도의 농어촌 인구가 사 년 동안 22% 줄었다. 김해평야가 죽어간다, 김해시에서 배출되는 생활하수, 공장, 축산 폐수로 농업용수 기준치의 8배를 초과했다, 강원도의 탄광이 폐쇄되어 광부 9,600명이 실직, 토건회사와 학원이 영종도 땅 투기, 석유화학 제품 값 폭등, 미군 유지비 요구…….

대충 이상과 같습니다. 첩첩 산이라더니, 수많은 아픔들이 혼전만전 널려 있습니다. 그 아픔들 가운데 한 놈이라도 골라서 끌어안고 신나게 앓아서 뿌리를 빼 버립시다.

스님, 어제는 비가 와서 온종일 집에서 보내다 원주 무위당 선생님께 얻은 그림 배접을 했는데, 거기 쓰여 있는 화제畵題의 뜻을 알 수가 없어요. 좀 가르쳐 주십시오. 불교 용어 같아요. '색공교영 색불애공 공불애색야 色空交暎 色不礙空 空不礙色也.'

안녕히 계십시오.

1990. 9. 9.

맞고 보내는 게 인생

스님,

추석 어떻게 보내셨나요? 잘 보낸다는 건 어떤 걸까요? 맞고 보내는 게 인생인데, 그걸 어떻게 맞고 보내야 하는지. 세월과 사람을 어떻게 맞고 보내느냐에 한 사람 한 사람의 인생이 형성되는 것 같네요.

언젠가 이런 생각을 했어요. 사십 년이 넘도록 갈라진 반쪽 땅에서 온달을 보는 것이 달 보기도 부끄럽다고. 이럴 바엔 차라리 반달이 뜨는 날을 추석으로 삼지 염치없이 온달이 뜨는 날을 추석으로 삼아 흥청거리는 것이 부끄럽다고 말입니다.

올 추석을 맞고 보내면서 느낀 것은 인간들의 명절날이 바로 많은 생명들이(소, 돼지, 닭, 물고기, 과일) 줄초상을 당하는 슬픈 날이 되는구나 하는 것이었습니다.

참된 축제는 삼라만상이 더불어 즐거워해야 하는 게 아닐까요? 가성고처 원성고歌聲高處 怨聲高가 되어서야 그게 무슨 즐거움이 되겠어요? 이런 생각이 감상적인 생각일까요? 과연 인간들의 축제를 위해서 주위의 생명들이 떼죽음당하는 것이 당연하다면, 인간들 사이에서 힘센 자들이 약한 자들을 함부로 다루는 것도 수긍되어야 하고, 우루과이라운드라는 것도 비난할 것이 못 되지요. 따지고 보면 망진자亡秦者는 진秦이요 비육국야非六國也라 했듯이, 우리 농촌을 피폐하게 만든 것도 실은 우리가 정부라는 것을 함부로 형편없이 만들어 놓았을 뿐만 아니라 농민들 스스로도 농촌을 떠나갔으며 지금도 반가량이 떠나기를 바라고 있는 데 근본 원인이 있다고 보아야지요. 그러나 저러나 우리가 정부라는 머슴을 잘

못 들여 톡톡히 농사를 망친 셈인데, 새삼스레 우루과이 라운드를 두고 야단법석을 떠는 것은 우리들이 허점투성이니까 그런 게 아닐까요?

물을 쏟아 부어도 거부하는 연잎에서 자기를 키우고 지키는 것을 배웠다면 어떠한 물결에도 끄떡없을 게 아닐까요? 인간들의 명절에 떼죽음을 당한 짐승들만 해도 그래요. 그들은 평생 동안 남의 흉내는 내지 않지요. 개는 개소리, 닭은 닭소리, 새들도 각각 그들만의 독특한 소리를 내지요. 그걸 자효自詨라고 한다지요. 인간만이 남의 흉내를 내기 위해 안달을 하고 그걸 못하면 좌절하는 것 같아요. 서울 거리는 물론 이 나라 여기저기서 수많은 사람들이 입은 옷 중에서 스스로 고안해서 만들어 입은 옷이 얼마나 될까요? 디자이너들이 만들어 이른바 첨단을 달리는 옷을 어느 건달이 입으면 너도 나도 다투어 입지요. 작년에 입던 옷이 멀쩡한데도 벗어 던지고, 뒤질세라 기를 쓰고 갈아입습니다. 손오공이 별별 재주를 부리고 종횡무진으로 날뛰어도 부처님 손바닥을 벗어나지 못하듯, 수많은 똑똑한 사람들이 디자이너가 파놓은 함정으로 빠져 들어가려고 아귀다툼을 치는 것 같아요.

옷만 갈아입으면 되나요? 머리만 깎으면, 먹물 들인 옷만 입으면 스님이 되나요? 그 무슨 민주주의란 간판을 건 단체가 들어가기만 하면 금방 완전무결한 민주주의자가 된 것 같이 여기는 것이 우리 실정 같은데 스님은 어떻게 여기십니까? 안동에 있는 놀이패들이 모이는 방에 가 보았더니 벽에 '민주, 자주, 통일……투쟁'이란 것이 붙어 있는데, 그들이 그것을 자신들의 생활신조로 삼기보다는 대외적인 구호로 삼고 있는 성싶었습니다. 그러지 않고 조금은 자신의 문제로 삼는다면 민주, 자주란 말을 함부로 벽에 써 붙이지는 못하겠지요. 떨리는 손으로 조심조심 쓸까 말까 망설이면서 쓰다가 지우고 쓰다가 지울 테지요. 하지만 그게 대외용이고, 자신은 벌써 완전무결한 민주 투사가 되었으니까, 거침없이 당당하게 버젓이 붙여 놓았구나 싶어서 왠지 무섭고 쓸쓸했습니다.

스님, 지난번 스님한테 다녀오는 길에 서울에 들렀다 어느 출판사 분과 점심을 먹으면서 들은 이야기인데요, 아마 8·15 민중 집회가 연세대학교에서 있던 다음 날이었다지요. 그분의 집이 연희동이라 아침에 그곳을 지나다 보니 집회 때 뿌린 유인물들이 즐비하게 나뒹굴고 있었답니다. 학교에서 트럭 몇 대를 들여서야 그것을 치웠다고 합디다. 집회가 집회로 끝날 수도 없고 집회에 모인 사람들과 그 뒷모습을 본 사람들에게 영향을 미치는 게 당연하겠지요. 그 쓰레기를 본 사람들과 치우는 사람들이 그 집회를 어떻게 평가할까요? 그곳에서 어떤 다짐들이 외쳐진 것도 중요하지만 민중들은 뒷설거지가 제대로 이루어졌나를 보고 그 다짐들을 판단하는 게 아닐까요? 밥그릇 국그릇이 뒹굴고 있는 부엌, 뒷설거지를 하지 않은 논밭을 보면 그 집 안주인과 농군들을 판단할 수 있습니다. 그다지 어긋나지 않아요.

상 차리는 데 힘을 다 쓴 나머지 지쳐서 설거지를 못하는지, 설거지를 시시하게 여겨서 그런지, 저도 설거지를 며칠 만에 한 번 합니다만, 그때그때 하는 것이 좋은

데도 잘 안 돼요. 그런데 음식 솜씨는 상차림에 나타나지만 인간의 됨됨이는 설거지에 나타나는 것 같습니다.

그래서 쓰레기로 뒤덮인 난장판을 본 사람들, 치우는 사람들이 집회자들을 믿고 따르지 욕을 할지 둘 중 하나는 하겠지요. 제가 읽고 알기로는 동학당이 보은과 삼례에서 모임을 가진 다음 뒤처리를 깨끗이 했다고 합니다. 모임 뒤처리 탓으로 그곳을 지나는 사람들의 빈축을 사지 않았을 뿐만 아니라 오히려 믿음까지 얻었다고 알고 있습니다. 결국 우리는 동학당이 외친 소리만 주워들었지, 손과 발로 살아가는 모습을 배우려 들지 않은 것처럼 여겨지네요. 민중, 민중 하면서 민중에 대한 배려가 조금이라도 있다면 그럴 수가 없지요. 그러니 안동의 놀이패 방에 붙은 구호보다도 거기 있는 한 사람 한 사람의 삶에서 풍겨나는 생활 태도가 사람들에게 영향도 주고 평가도 내리게 하겠지요. 피로 쓴 절규도 세월과 더불어 빛이 바래는데 먹으로 쓴 구호가 사람들을 움직이게 할 리는 없겠지요. 그걸 보고 감동할 천진난만한 사람은 이 살벌한 땅에서 사라진 지 오래된 것 같습니다.

스님, 지난번에 물난리를 당한 성내동 안형에게 인사드린다고 추석 임박해 다녀왔습니다. 형은 고맙다는 말과 함께 저의 눈빛에 사기邪氣가 서려 있다고 일러 주었어요. 비굴한 위인이라고 자처하는데 비굴이 위선僞善으로 분장을 하면 사악邪惡하게 되는 모양입니다. 비굴보다는 사악한 신민이 되는 것이 소망이었는데, 이제 제법 사악한 신민이 되나 보지요. 한 인간의 집중적인 생각이 안청에 나타나는 법인데, 눈빛에 사기가 나타난다니 당분간은 신민으로 끄떡없이 살아갈 수 있을 것 같습니다. 신민을 벗어나자면 요기妖氣까지 가야 하는데 가능할지 모르겠습니다.

책도 사악을 분장하려고 읽는데 마침 기다리던 민병산 선생님의 산문집을 인사동 모퉁이 문우서림에서 사서 읽으면서 추석을 맞고 보냈습니다. 아직 다 읽지는 못했지만 좋은 음식이나 경치를 만날 때 스님 생각이 나듯 책을 읽으니 스님 생각이 나네요.

선생님의 글은 1960년대 말부터 시작합니다. 요즘

저의 관심이 개인주의(철저한 개인의 확립), 개성을 살려야 한다는 것이라서 자연 선생님의 글 중에서 개인 문제를 어떻게 다루고 있나 하는 데 쏠리게 되었습니다.

도장을 새기는 데 음각陰刻과 양각陽刻이 있듯, 책을 읽을 때도 노상 그럴 수는 없지만 때로는 도장처럼 마음에 새기게心刻 됩니다. 그럴 때는 아파서 좀 읽다 덮고 그 통증이 사라져야 다시 읽기 시작합니다.

이번 편지 끝은 민병산 선생님의 글을 베껴 보냅니다. 선생님의 그 독특한 글씨를 꽤 많이 복사해 돌렸듯이.

> 모든 사람이 자기의 감정을 제각기 하나의 화분에다 길러야 한다는 것은 현대 생활에서 우리가 받은 가장 중대한 위협이다. 사람들은 자기 화분을 아름답게 가꾸려 하지만, 그날그날 만원 버스와 비즈니스에 시달리다 보면, 화분에 심은 꽃은 어느덧 무참하게 시들어 버리는 것이다. 사실이지 오늘날 우리들은 감정의 세계에서도 높은 가시 울타리를 두르고 살고 있는 것이다. 여기에서 생각해 볼 문제가 생긴다. 사람의 감정은 한

정된 화분에다 기를 것이 아니라 넓은 땅에 길러야 한다. 다시 말하면 한 사람 한 사람 자기 밀실 속에 가둘 것이 아니라 사회라고 하는 넓은 공간에서 자유롭고 공명정대하게 길러야 한다. '담' 높이를 낮춰야 하며 개인의 '방'과 '거리'가 잘 소통되어야 한다.

우리는 제각기 자기 자신을 탐구하는 동시에 제도를 탐구하고 또 자기와 제도와의 일치를 위해서 노력해야 되는 것이다. 정상적이고 건강한 그리고 무엇인가를 앞으로 창조해 나가는 사고는 그러한 형식 속에서 비로소 가능하다.

중국은 근대화 과정에서 「아Q정전」—아큐적 인간, 아큐적 사회에 대한 준열한 자기비판을 했는데, 우리는 아직껏 그러한 자기비판을 거치지 않고 있다. 오히려 안이한 인간상이 손쉽게 묘사 유포되는 한편, 지나치게 조급하고 마비를 일으켜 지적·개인적 둔주遁走가 빈번히 나타난다.

현대의 모든 단체는 오직 강력하게 되려고 조직이 요구하는 대로 움직이지 않는 자를 배척한다. 그 조직에 참가하고 있는 각 개인이 표명하는 사상이나 정신적 가치로 강력해지려고 하지 않고 그들의 맹목적이고 기계적인 결속과 통일로 강력해지려 한다.

공화국이란 무엇인가? 그것은 인간의 선의의 조직, 인간의 자치 능력의 조직이다. 상호 간의 이상에 대한 증명과 노력을 교환하는 곳이다. 그리고 이 지상에서 인간의 운명을 긍정하는 방법이다. 다시 말하면 한갓 노예나 원숭이로서는 이루어질 수 없는 나라, 각 개인이 자기의 사고를 받쳐서 비로소 이루어지는 자유의 나라이다.

'사색하는 사람'이 되자는 것은 간혹 사람들이 말하는 것처럼 인생을 필요 이상으로 어렵게 생각하자는 것이 아니다. 또는 각자가 자기 주관의 미궁迷宮 속에서 한평생 방황하자는 것도 아니다. 오히려 그와 반대이다.

인생을 사랑하고 사악한 편견으로부터 생을 보호하자는 것이다. 빵과 서커스만으로 만족하는 그런 인간이 되지 말자는 것이다. 말하자면 그릇된 주관이나 부정한 시대 정신으로 왜곡된 현실을, 어떤 범위의 소수에 의해 약탈되고 독점된 현실을 진정한 원형대로의 현실로 다시 회복하자는 것이다. 그릇된 수많은 사회적 신화가 우리의 진정한 의식과 희망을 왜곡하고 있는 이 시대에 우리의 투철한 사고를 바쳐서 진정한 공화국, 곧 진정한 인생을 찾자는 것이다. 인식의 길은 어디까지나 철저하지 않으면 안 된다. 그러지 못하면 각자의 입장을 변명하는 재료에 그치고 만다. 주위가 소란할 때일수록 낮은 목소리로 이야기를 하자. 높이 지르는 소리는 오히려 세상의 소요 속에 묻혀 버리고 말기 때문에.

스님, 안녕히 계시이소.

1990. 10. 10.

스님과 루쉰

작년 가을에 시작한 편지가 어언 일 년을 넘어 가을을 지나 겨울로 접어들었습니다. 지난 가을에는 이른 아침마다 구구자를 땄는데 손이 제법 시렸습니다. 울미 타작도 했고 몇 가지 콩바심을 하고, 틈틈이 우엉과 도라지도 캤지요. 도라지는 이태째 것인데 어떤 놈은 제법 컸습니다. 이 년 만에 이만큼 컸구나, 나는 그동안 얼마나 어떻게 컸는가 오그라졌는가 되돌아보게 됩니다. 우리의 민족 문제도 어떠한 방향으로 가고 있는지, 자리잡아 크고 있는지 생각에 잠겨 보기도 했지요.

도라지를 캐 보니 깊이 뿌리내린 것이 그만큼 큰데, 한여름의 땡볕을 이겨 냈고 휘몰아치는 비바람을 맞으면서도 늦여름에 꽃 피우고 가을에 씨 안으면서 컸나 봅니다.

스님,

이번 편지는 언젠가 말씀드렸던 루쉰 이야기—인간 탐구—를 하고 편지를 일단 끝낼까 합니다. 밑천도 다 떨어졌고, 끝내는 것이 떠나고 머무름에 인색하지 말자는(불인정거류不吝停去留) 오류五柳 선생님의 뜻에도 맞고, 그 자리에 진짜 편지가 실리기를 바랍니다.

루쉰 그 분은 도라지보다 더 절실하게 나를 되돌아보게 하고 채찍질해 줍니다. 인간의 문제를 근원에서 파헤치고 물어 줍니다. 루쉰을 만나는 일은 곧 참된 인간이란 과연 어떠해야 하는가를 되풀이해 따지는 일이라서 거듭 읽고 또 이야기하고 싶습니다. 참된 인간이 되어 보자는 것이 인두겁을 쓴 저의 소망이며 구도求道하는 스님의 소망이기도 하니까요.

루쉰 전집이 스무 권인데 열 권은 외국의 소설과 평론의 번역이고 나머지 열 권이 그의 저작인데, 그 중에서 소설을 비롯한 창작은 두 권도 채 안 되고 네 권은 평론, 세 권은 고전 연구, 나머지 한 권은 빠진 것들을 모은 보유집補遺集입니다. 자신의 창작보다 훨씬 많은 번역이 있는데 이것은 정성을 다해서 자기 나라에 새로운 문학이 자라나기를 바랐던 루쉰의 삶의 흔적을 말해 주는 것 같습니다.

흔히 우리들은 루쉰을 소설가라고 여기는데 사실은 작가·소설가이기보다는 오히려 부지런한 학자·편집자이며, 후배를 돌보는 데 노고를 아끼지 않았던 성실한 교사였지요. 그는 스스로 "나는 소와 같다. 먹는 것은 풀뿐인데 짜 내는 것은 젖과 피"라고 했는데, 그의 죽음에 입회했던 의사의 증언에 따르면 증세는 위 확장, 장 이완, 폐결핵, 오른쪽 가슴 습성 종막염, 기관지 천식, 심장 천식이었다고 하니까 그의 말이 거짓도 허풍도 아니었지요.

이와 같은 루쉰의 삶이 바로 우리들이 생각하기 쉬

운 소설가가 아닌 '루쉰 문학'의 독특한 점이라고 여겨집니다.

스님, 여기서 잠깐 그가 번역한 글에 대한 이야기 한 토막 하고 넘어갑시다. 번역한 글은 대체로 그 나라의 일류 문학이 아니고 비록 이류 삼류라 하더라도, 당시의 중국에 필요한 것을 골라서 번역했대요. 그것은 주로 북유럽과 슬라브 계통의 피압박 민족의 것이 많았답니다.

루쉰이 태어난 청조말년淸朝末年은 오랜 봉건제와 판을 치던 유교 도덕이 허물어져 가는 시대였지요. 그가 서양의 근대 사상과 문학을 보게 된 청년 시대는 청일 전쟁에서 중국이 지고, 러일 전쟁이 일어난 때였지요. 1840년 아편 전쟁의 패배로 시작된 서양 근대와의 접촉은 중국이 서구 열강의 침략에 패배를 거듭한 다음 서양 오랑캐의 군사뿐만 아니라 근대의 정신문명—학술·군사·윤리·문학에 관심이 쏠리고 있던 때에 이뤄졌지요.

이처럼 루쉰은 말하자면 신구新舊 두 시대를 경험하고 동서東西 두 문명의 대결을 자신의 내면에서 겪었지요. 따지고 보면 지금 우리도 그 연장선상에서 절박하게 살고 있는 게 아닐까요? 마치 캄캄한 밤에 별빛이 더욱 밝게 보이고, 강한 거부감(자기고집, 집착)을 통해서 얻어지는 사물에 대한 (사상을 포함해서) 이해와 수용이 보다 핵심적이듯, 루쉰이 겪은 낡은 중국의 암흑이 한없이 깊고 그 등에 짊어진 전통 문화의 무게도 엄청났기에, 그가 파악한 서양 근대정신의 핵심은 그만큼 깊고 그 이상은 높아 그 거리가 엄청나다는 것을 깨달았던 것입니다.

그가 자신과 중국에 크나큰 충격을 준 서양 근대의 핵심으로 파악한 것은 '새로운 인간의 원리'인 개인주의(주체적 인간, 개인의 확립)였습니다. 근본을 따지면 세상이 바뀌자면 그 알맹이인 인간이 바뀌어야 하지 않겠습니까. 한 집안, 한 동리, 한 나라가 제대로 되자면 사람이 있어야 하지요. 영고성쇠란 사람이 있고 없음에 달린 것이지요. 놈팽이는 논밭을 쑥대밭으로 만들고, 알뜰한 사람은 오곡백과 넘실거리는 논밭을 만들지요.

루쉰은 서양 근대의 핵심을 새로운 인간들의 탄생으로 파악하고 그 원리를 개인주의적 인간의 탄생으로 파악했습니다.

이것이 '서양 충격'의 한 측면이고 또 한편으로는 서구 열강이 저지르고 있는 중국 분할 침략에 대한 위기감에서 생겨난 민족주의와, 이민족 만주족의 지배에 대한 반항에서 싹튼 민족 의식이 근대 내셔널리즘으로 형성되었지요.

이에 비추어 당시의 중국인들이 어떠한가를 따져 본 것이 「광인일기」에서 「아Q정전」에 이르는 그의 작품이라 여겨집니다.

앞날을 위한 설계에서 가장 중요한 토대가 되는 민중(주체)에 대한 냉엄한 자기 비판을 했다는 것은 매우 중요한 일이지요. 그래서 민병산 선생님도 "중국은 그 근대화 과정에서 「아Q정전」, 아Q적인 인간과 사회에 대한 준열한 자기비판을 통과하지 않으면 안 되었다. 그런데 이 나라의 인간은 사회의 근대화 과정에서 아직껏 그러한 자기비판을 충실하게 거치지 않고 지나왔으며, 오히려 한편으로 안이한 이상적인 인간상이 손쉽게 묘사 유포되는가 하면, 다른 편으로는 지나치게 조급하고 과도한 근대주의의 첨단에서 마비를 일으킨 세대의 지적·개인적 둔주遁走가 빈번히 나타나고 있다"고 지적했습니다.

앞에 말한 '새로운 인간의 원리'와의 만남에서 생겨난 것이 개인들의 내부에 도사리고 있는 '노예'에 대한 자각, 즉 '개인'의 주체성의 결여의 자각이라면, 근대 민족의식의 각성은 곧 민족적 차원의 '노예' 상태에 대한 굴욕감의 각성이라 할 수 있죠. 그 굴욕감을 가장 일상적으로 느끼게 하는 것이 변발辮髮이었는데, 그건 청조淸朝가 중국인에게 강요한 것인데, 수많은 중국인은 벌써 그 강제조차 잊어버렸을 뿐만 아니라 변발을 자르는 사람들을 놀리고 이단시하는 판국이었죠.

그가 되풀이해 말한 '적막寂莫'이란, 자각한 '노예'가 느낀 고민 같고, 각성한 '노예'의 굴욕감에서 터져 나온 것이 '복수' 같아요. 청년 루쉰이 뼈저리게 느꼈던 '적막'과 '복수'라는 생각은 그 당시의 평론에도 기본틀이었습니다.

이와 같이 루쉰 문학은 출발부터 민족의 위기를 어떻게 극복할 것인가 하는 정치적 과제와 인간의 영혼을 어떻게 구원할 건가 하는 문학 과제가 밀착된 정치성이 강한 문학이었지요. 그의 문학, 그의 삶이 곧 중국 혁명의 역사라고 일컬어지는 것은 문학과 정치가 밀착되어 있었기 때문인 것 같습니다.

스님,

스님도 아시다시피 루쉰은 의학 공부를 때려치우고 문학 쪽으로 갔지요. 그 이유를 그는 "무릇 어리석고 약한 국민은 체격이 제 아무리 건장하고 튼튼할지라도 하잘것없는 구경거리와 구경꾼이 될 뿐이다. 우리들이 먼저 해야 할 일은 그들의 정신을 뜯어고치는 일이다. 정신을 뜯어고치는 데는, 당시의 나의 생각으로는 문예였다. 그래서 문예 운동을 하려고 생각했다"(「외침」의 서문)고 했지요. 동족의 죽음을 구경거리로 삼은 구경꾼의 모습은 「아Q정전」의 끝부분에서도 나타나지요.

이러한 그의 태도는 과학을 지식으로 받아들이기보다는 '과학자의 정신'을 더 소중히 여겨서 과학을 새로운 '정신', '윤리倫理'로 받아들인 것이지요. 그게 바로 루쉰의 서양 수용西洋受容 방법의 특색이겠지요. 일반적으로 과학을 편리한 지식이나 기술로 배우는 것을 당연한 것으로 여기는데 말입니다.

'정신을 뜯어고치고' 과학도 그 정신을 배워야 한다는 루쉰의 말은 중국인의 영혼에까지 미치는 철저한 서구화 혹은 근대화의 주장으로 보입니다. 사실 루쉰은 "중국 책은 절대로 읽지 말라" "우리들을 총으로 무찌른 서양에서 배우는 길밖에 나라를 구할 길은 없다"고 격렬하게 말했습니다. 여성 문제와 미신과 국학國學 문제에 대한 비판에서 루쉰은 철저하게 전통을 비판했습니다.

그럼 루쉰의 이러한 전통 비판이 호적胡適의 전면양화론全面洋化論이나 근대화론과 어디가 다른가, 루쉰이 '민족주의자'로 불린 까닭은 어디에 있는가가 문제로 되죠.

루쉰의 '양화론洋化論', 즉 서양 근대 수용의 주장은 중국인이 그것을 받아들여 '노예'적 자기를 부정한 다음 존엄한 자기 발견을 하자는 중국인의 주체성에 초점을 맞추고 있습니다. 그는 중국인이 자기 정신 대신 서양 정신 쪽으로 접근해서 동화同化하자고 주장하진 않았습니다. 서양 정신과의 만남에서 중국인 자신의 정신 상태가 변혁되기를 바랐던 것입니다. 거듭 말하자면 서구 근대 정신과의 만남에서 중국인의 주체성이 깨우쳐져서 중국인이 진정한 중국인이 되는 일(회심回心), 서양인이 되는 게 아닌 자기 회복을 바랐던 것입니다.

색공교영 색불애공 공불애색야色空交暎 色不礙空 空不礙色也에서 불애不礙함은 물론, 진정한 만남이란 교영交暎인데 교영은 서로를 빛내 주고 드러내는 것이지 흡수 통합하는 건 아니지요.

따라서 초기 루쉰의 사상이 '개인주의'였다 할지라도 그 '개인주의'는 민족'주의'와 대립되는 개인'주의'를 주장한 건 아니었지요. 그는 중국인이 그 어떠한 '주의'를 버리고 딴 '주의'를 받아들이면 문제가 해결된다는 피상적인 생각은 전혀 하지 않았습니다.

그가 '개인주의'에서 받아들인 것은 개인의 자기 확

립과 개성의 존중이라 여겨요. 진정한 개인이 얼마나 중요한가를 요즘 절실히 느낍니다. 이와 같은 개인의 자기 확립과 아울러 민족의 회심(자기 부정을 통한 자기 발견)을 통한 민족주의를 주창했지요. '아Q'가 철저히 부정되어야 할 노예근성의 본보기이지만 "중국이 혁명을 하면 '아Q'도 혁명할 것이다"라고 루쉰이 말했듯이 '아Q'의 회심 없이는 중국 혁명의 주체는 성립되지 못한다고 했습니다.

스님.

여전히 교영交暎하시고 항장곡恒藏曲 하소서.

1990. 12. 10.

한 해를 보내면서

형,

그 누구도 참답게 사는 길을 처음부터 단번에 알지는 못한대요. 한평생 그 길을 찾아 걸음을 멈추지 않는 것이 참답게 사는 길이라고 합니다. 인생이란 각자가 평생을 바쳐 스스로의 자화상을 만들어 가는 것이라고 말하기도 하고요.

그가 떠난다며 하는 말이 "공든 탑이 무너졌다"고 했어요. 탑이 무너진다고 안타까워할 일은 아니죠. 중요한 건 그 탑을 얼마나 공들이고 정성을 쏟아 쌓는지에 있습니다. 그 탑을 쌓으면서 그가 얼마나 성실한 인간으로 자랐는지에 있다고 여겨요. 돌아서자마자 탑이 무너진다 해서 그리 놀랄 건 없어요. 탑을 쌓으면서 그의 마음속에 어떠한 생각이 싹트고 자랐으며 그의 됨됨이가 어떻게 변했는지가 소중하겠지요.

도라지를 심은 건 한 번 갈아 놓으면 몇 해 동안 가꾸기 수월해서지요. 도라지가 좋은 반찬거리고 꽃이 깨끗하고 조금은 슬픈 표정을 띠어 사람의 마음을 차분하게 하는 점도 일품이지만요.

그러나 그 도라지도 공짜로 자라지는 않는답니다. 태어난 이 땅의 모습도 살피고 사람들도 만나 본다고 지난봄에 이곳저곳 제법 쏘다닌 적이 있는데, 그러는 동안 도라지밭에는 풀이 꽤 자라 버렸어요. 돌보지 않은 결과가 한 치의 에누리도 없이 나타난 겁니다.

안타깝게 여긴 이웃 친구들이 제초제를 치라고 해요. 치면 풀은 죽고 도라지는 싹만 죽지 뿌리는 살아남으니 새로 싹이 돋는다고요. 꽃은 피지 못하고 씨는 받을 수 없지만 그냥 두면 길길이 자란 풀에 가려 도라지가 녹는다고 했습니다. 제초제를 쓰면 결과는 뻔합니다. 미군이 월남에서 고엽제를 살포한 살풍경이 재연되지요. 당장 도라지가 피해를 입을 뿐만 아니라, 억센 풀은 되레 뿌리가 살아남아 다시 돋아날 것이 뻔했지요.

제초제란 어디까지나 응급 처방이지 근원을 해결해 주지 못합니다. 오냐, 도라지를 말려 죽이는 처참한 미봉책을 쓰지 말고 돌보지 못한 대가를 기꺼이 치루자고 다짐하며 달라붙었습니다. 어떤 날은 한 골, 다음 날은 반 골씩 풀을 뽑았습니다. 풀을 뽑아낸 곳의 도라지는 숨을 제대로 쉬고 펄펄 뛰는 듯했습니다. 그런 모습을 보면서 일에 신이 났습니다. 도라지와 함께 나도 신나고 즐거움을 느꼈습니다. 어려운 일은 어렵게 하는 수밖에 없구나 하는 걸 깨닫게 되었습니다. 밭둑이나 길섶에 어쩌다 제초제를 쓸 때도 있습니다만, 호미로 풀을 뽑은 다음 마음에 이는 흐뭇함을 도저히 느낄 수 없는데다 마음마저 찜찜하고 개운치 못해요.

올 봄에 도라지밭에서 나는 냉혹한 자연 법칙과 아무리 힘겹고 어려워도 끈질기게 달라붙으면 문제는 풀린다는 걸 배웠습니다. 미봉책인 제초제를 썼다면 나의 삭막한 인간성은 더욱 처참해졌을 거고, 뿌리가 살아남은 풀은 다시 돋아나 어차피 다시 풀을 뽑을 수밖에 없었을 겁니다. 포기와 대응, 미봉책과 근원적 해결, 발뺌과 책임을 흔쾌히 지고 살아가는 겸손한 외경심, 이런 것들을 풀을 뽑으면서 되새겨 봤습니다.

사람의 됨됨이가 이루어지는 데 그가 무슨 일을 어떻게 하는지에 따라서 제법 많은 영향을 받는 게 아닐까 하는 것도 느껴 봤습니다.

도라지는 여름 내내 아름다운 꽃을 피워 주었고 통통하게 여문 씨통에서는 늦가을에 씨를 닷 되나 쏟아 주었습니다.

막내딸이 결혼을 했어요. 흔쾌히 주례를 맡아 준 최완택 형이 소란한 예식장 분위기를 엄숙하게 만들어 주셨는데, 그 인품에 지금까지 고마움을 느낍니다.

예식장에 갈 때마다 느끼는 풍경은 조선 사람들이 정말 참을성이 없구나 하는 거예요. 신랑이나 신부가 들어 올 때 모두들 뒤돌아 봐요. 주례 앞에 가면 돌아설 텐데 그 일 분을 못 참아요. 그 대신 참아선 안 될 중요한 건 한심스러울 정도로 잘도 참고 견디는구나 하는 겁니다.

예식이 끝나자 사진을 찍대요. 이 사진 찍는 데 사진장이가 별의별 간섭을 다해요. 그뿐 아니라 모두들 그의 말에는 순순히 잘도 따라요. 언제부터 사진 찍는 풍토가 그렇게 되었는지 몰라도 마치 몰이꾼이 짐승을 몰 듯 사람들을 몰아세우고 얼굴 표정과 몸가짐을 간섭해요.

가장 간단한 사진틀만 잡아도 이렇게 사람이 건방지게 되는구나. 그러니 권력이나 돈을 가지면 사람이 형편없게 되는 도리를 알 듯도 해요. 물건과 인간. 물건 없이 인간은 살지 못하지만 물건이 인간을 더 인간답게 해야지, 물건이 인간을 망치는 쪽으로 흐르는 겁니다. 그러니 물건을 많이 가져야 인간 구실을 하게 되는 거죠. 그래서 물건과 인간의 관계를 따져 보게 돼요. 완물상지玩物喪志라는 말처럼 물건 때문에 인간성이 바뀌어 버렸습니다. 물건을 인간성 형성에 도움이 되도록 쓰는 사람이 점점 줄어드는 것 같습니다.

그 후 딸네 집에 가서 결혼식 때 찍은 사진을 봤는데 폐백실에서 찍은 사진은 정말 가관이었습니다. 신랑 신부가 사진장이의 노리개 감이 되어 버렸어요. 시키는 대로 하면서 그걸 창피한 줄도 모르고 찍고는 새빠지게 번 돈을 주다니, 인권 유린 지대가 바로 폐백실이구나 싶었습니다.

왜 떳떳하게 자기주장을 못하고 시키는 대로 합니까? 인격이란 것이 지켜야 할 때가 있고 팽개쳐야 할 곳이 있단 말입니까? 막되어 먹은 연놈들도 결혼식 때와 죽을 때만은 의젓하고 늠름하더라고 듣고 있는데.

이런 생각이 시대에 뒤떨어진 케케묵은 수작인가요? 해가 서쪽으로 져서 동쪽으로 뜨는 건 시대고 나발이고 없지요. 줏대 없고 자신 없는 잘못된 몸가짐에 대한 궁색한 변명이 시대를 들먹이며 책임을 시대 탓으로 넘기는 걸 많이 봐요. 문화나 사물을 어떻게 수용하고 대응할 것인지를 고뇌하면서 걸러서 받아들여야 하지 않을까요? 사진틀 앞에서 쩔쩔매는 사람들이 일단 사진틀을 잡으면 폭군으로 돌변하고 좀 더 큰 것을 잡으면

안하무인이 되기 십상이 아닐까요?

권력과 금력이 기세를 부리자 사진장이도 ㅁㅁ장이도 ○○장이도 다 그 나름의 기세를 부리면서 렌즈 앞에서 일사분란하게 쩔쩔매는 군상을 만들어야 직성이 풀리나 봅니다. 상품의 침투, 권력의 침투가 강산과 국민들 속에 스며들어 형형색색으로 나타나고 있는 것 같습니다.

사람이란 그렇게 막 만들어졌나, 그런 사람들과 더불어 살자면 어떻게 살아야 하는가 이런저런 생각이 앞섭니다. 사람이란 미우나 고우나 어차피 사람과 함께 살아야 하는데 말입니다.

첩첩산중이라 하더니 살아갈수록 모를 것이 사람 같아 서글퍼집니다.

옹고집전을 다시 읽어 봐야겠다면서 아직 읽지 못했습니다.

집에서 신는 구두는 동리 쓰레기터에서 주워다 뒤축을 수선한 겁니다. 안동이나 영주쯤 갈 때는 신고 갑니다. 아주 야무지고 단단해서 수선하는 아저씨도 좋은 신 주웠다고 부러워하면서, 요즘은 수선해서 신는 사람도 드물고 수선일 배우려는 사람이 없다고 한심스러워 합디다.

이번 추위 때 입은 멋진 오리털 잠바는 서울 있는 친구가 그의 집 앞에서 주웠다며 준 건데, 빨래를 깨끗하게 해서 버린 걸 보면 제법 알뜰한 사람 같아요.

형도 알다시피 우물에서 물을 길어다 밥도 하고 설거지랑 빨래도 합니다. 물을 길어다 쓰니까 한 방울의 물도 아껴 쓰게 돼요. 날마다 몇 번씩 쓰는 물을 아껴 쓰는 게 몸에 배니까 자연히 딴 물건도 아껴 쓰게 돼요.

이건 비단 나만이 아닐 겁니다. 누구나 물을 길어 쓰면 그렇게 되지 않을 수 없지요. 어쩌다 읍에서 수돗물 쓰던 젊은이들이 와서 물 쓰는 걸 보면 나보다 한 열 배쯤 더 써요. 아까운 줄 모르는 게 확실해요. 글자가 생기자 인간의 기억력이 약해졌듯이 꼭지만 틀면 쏴 쏟아지는 수도가 생긴 다음부터 낭비가 시작된 게 아닌가 여겨집니다. 이른바 발전이라는 것이 그와 맞먹는 후퇴를 안겨 주고 있지 않을까요?

수세식 변소에서 소변을 보고 쏟아지는 물은 하루 종일 쓰고도 남을 만해서 소변 보기가 망설여져요. 그 물을 끌어오기 위해서 많은 국토가 물속에 잠기는 처참한 광경이 벌어지고 있지요.

인색해서는 안 되지만 절약은 해야죠. 물건을 아낀다는 건 대상을 소중히 여기는 것이자 자연에 대한 경외심이며 고마움의 표시라고 여겨요. 낭비는 대상을 함부로 다루는 성실하지 못한 마음가짐과 태도라고 생각됩니다. 물건을 소중하게 대하는 태도가 이어져서 국토와 이웃, 자기 자신까지도 소중하게 가꿀 수 있다고 봅니다. 낭비하고 함부로 버리는 버릇이 마침내 이웃도 고향도, 심하면 자신의 인간성까지 버리는 결과로 나타나지 않을까 하는 쓸데없는 걱정을 합니다.

사람이란 별 것 아닌 것 같아요. 날마다 만나는 사람들과 물건을 어떻게 만나고 다루는지에 따라서 그 사람됨이 이루어지겠지요.

한 어머니의 젖을 먹고 자라는 사람들이 형제고, 한

국토에서 솟아나는 물을 먹고 사는 것이 같은 동포요 민족이라서 우리는 어울려 살고 그 물을 샘솟게 해 주는 대지와 자연을 어머니처럼 섬기며 살아 왔습니다. 그런데 날마다 먹는 그 물을 헤프게 쓰고 업신여길 뿐 아니라 물이 솟아나는 대지와 자연까지 오염시키고 파헤치며 상처 내는 짓을 거리낌 없이 하고 있습니다. 풀에 독초가 있고 벌레에 독충이 있듯이 인간 중에도 나쁜 놈이 있게 마련인가 봅니다.

민중의 역사, 민중이 주인 된 역사라고 하는데, 글쎄요. 이 동리가 생긴 지가 한 오백 년쯤 되는데 쓰레기통이 생긴 건 작년입니다. 낭비와 쓰레기 만들기에 민중도 단단히 한몫하고 있습니다. 그게 바로 잘사는 징표라고 우쭐대기까지 합니다.

동리 앞에 냇물이 흐릅니다. 언제나 둑 안으로 흐릅니다. 십 년에 한 번쯤 큰물이 나면 둑을 밀어붙이고 넘칠 때도 있지만, 비가 그치면 다시 둑 안으로 흘러요. 굽이치기는 해도. 그릇 따라 물 모양이 바뀌듯이 세상 따라 사람의 모습도 바뀌게 마련인가 보지요?

서울이란 큰 둑을 쌓고 아파트란 그릇을 만들자 다투어 들어가서 고요히 흐르고 있어요. 둑이 무너질까 조마조마하면서 사는 게 민중인데 그걸 나무랄 순 없지만 별난 것도 아닌데 왜 들추는지 모르겠어요. 옛날부터 두 눈 뜨고 살기는 힘들었나 보지요. 외눈박이 사는 곳에 두 눈 뜬 사람이 가면 병신 취급당했던 것처럼요. 악화가 양화를 몰아낸다는 건 비단 돈에만 국한된 게 아닐 겁니다. 역사에서 옳게 사는 사람들이 못된 놈들이나 흐지부지 사는 사람들한테 당해 온 씁쓸한 이야기가 끝나지 않고 지금도 이어지는데 그게 끝날 날이 있을 것 같지 않아요.

벼보다 피가 억셉니다. 육종하는 데 벼와 피의 교배종을 만들면 벼가 피와 대결할 수 있을 것 같아요. 밭에서 나는 풀도 비름이나 바랭이, 달갈이 같은 건 생명력이 대단합니다. 그 억센 풀과 곡식의 교배종을 만들면 억센 곡식이 생겨 잡초와 독초와도 대결할 수 있고 가뭄이나 장마에도 끄떡없이 자라날 수 있을 듯합니다.

사람도 착하기만 해서는 안 됩니다. 착함을 지킬 독한 것을 가질 필요가 있어요. 마치 덜 익은 과실이 자길 따 먹는 사람에게 무서운 병을 안기듯이, 착함이 자기 방어 수단을 갖지 못하면 못된 놈들의 살만 찌우는 먹이가 될 뿐이지요. 착함을 지키기 위해서 억세고 독한 외피를 걸쳐야 할 것 같습니다.

물 이야기가 억세고 착한 사람 이야기로 흘렀습니다. 사람이다 보니 사람 문제로 돌아간 모양입니다.

형, 잘 있으소.

1991. 12. 마지막 날.

편집자에게 보내는 글

형,

그걸 책으로 만들어 보겠다고 기를 쓰는 형의 모습이 우스우네요. 책을 만드는 게 형의 일이니 굳이 말릴 순 없지만요.

그 편지는 한 소중한 친구와 구 년 동안 편지를 주고받으며 부끄럽게 살아온 나의 삶을 정리해 본다고 써 본 겁니다.

저의 삶이란 한쪽 발이 망가진 자라가 쩔뚝쩔뚝 기

어가며 남긴 어지러운 발자국(파별난적跛鼈亂跡) 같은 볼품없는 거지요. 그래도 오직 한 사람 그분이 봐 주시길 바랐고, 저를 아는 몇몇 분들이 보고 나무라 주길 바랐을 뿐입니다.

일에는 세상에 알릴 일이 있고, 몇몇만 알 일이 있고, 가장 소중한 일은 단 둘만이 아는 거 아닙니까.

지금 이곳 풍토는 세상에 알려지는 날이 곧 끝장나는 날이지요.

며칠 전 변산반도에서 새로 만난 이강산 선생님은 "인간의 시대는 끝났다"고 한탄을 합니다. 사마천을 읽어보니 인간의 역사란 인두겁을 쓴 괴물이 인간을 잡아먹는 역사 같은데 책은 내서 뭘 하나요.

그래도 살아 보겠다고 군불 넣어 생긴 잉걸을 화로에 담아 장 끓여 아침밥을 먹습니다. 양지 바른 뒷산 눈은 거지반 녹았구요. 앞산 눈은 그대로 쌓여 있습니다. 마당과 안뜰에도 가득 쌓여 있습니다.

안녕히 계시이소.

93. 1. 21.

우익 올림